DreamWorks

SHREK TERCERO™

LA NOVE

Adaptado por
Kathleen Weidner Zoehfeld

everest

Título original: *Shrek the Third: The Junior Novel*
Traducción: Liwayway Alonso Mendoza

Diseño: John Sazaklis

EDITORIAL EVEREST, S. A.
C/ Manuel Tovar, 8
28034 MADRID (España)
ISBN: 978-84-241-4865-2
Depósito legal: LE. 1.061-2007

Capítulo uno

Príncipe Encantador galopaba sobre Chauncey, su fiel corcel, por una amplia pradera. La crin dorada del caballo volaba al viento. En el cielo tronaban truenos y relampagueaban relámpagos.

—¡Adelante, Chauncey, a la habitación más alta de la torre más alta! —exclamó valientemente el Príncipe Encantador—. Mi princesa aguarda el rescate de su guapo príncipe.

En un teatro destartalado de las afueras del reino legendario de Más Más Allá, los focos estaban encendidos. Encantador interpretaba su papel con gran entusiasmo, pero los espectadores refunfuñaban y se revolvían inquietos en sus asientos. Nada más levantarse el telón, se habían dado cuenta de que se trataba de una producción de bajo presupuesto. El «corcel» del príncipe no era más que un caballito de madera. ¡Y el decorado era aún peor! Una torre tambaleante se alzaba delante de un fondo mal pintado.

El Príncipe Encantador simuló que galopaba hasta la base de la torre.

—¡Sooo, Chauncey! —exclamó.

Desmontó, se apartó el pelo rubio de la cara con una floritura y depositó su caballito de madera sobre el escenario.

Por la ventana de la torre asomó una princesa.

—¡Escuchad! —exclamó—. ¡Se acerca el valiente Príncipe Encantador!

—¡No temáis, bella dama! —exclamó Encantador—. Yo mataré al monstruo que os guarda para ocupar mi lugar como legítimo rey.

Un actor bajito y rechoncho, enfundado en un disfraz de ogro barato, avanzó por el escenario arrastrando los pies.

—¡*Grrrrrrrrr!* —gruñó.

El público comenzó a aclamarle.

El Príncipe Encantador miraba al público con un gesto de incredulidad. ¿Por qué aclamaban al ogro? Él ODIABA a ese ogro. Y el resto de la gente debía odiarlo también.

Encantador recobró la compostura y se esforzó por recordar su papel.

—¡Preparaos, bestia asquerosa, para conocer un mundo de dolor que ni siquiera habíais imaginado!

Un espontáneo se levantó y le lanzó su silla.

—¡Baja del escenario, Ricitos de Oro! —se burló.

Encantador se agachó y la silla pasó silbando a su lado. Vio cómo patinaba por el escenario y se estrellaba contra la torre destartalada.

Carraspeó nervioso:

—Preparaos, bestia asquerosa...

La torre chirriaba y crujía a su espalda. Miró por encima del hombro y se encogió. ¡Todo el decorado estaba a punto de derrumbarse!

El fondo se desplomó sobre él con un fuerte estrépito.

El Príncipe Encantador se encontró de pie en medio de los escombros, sin el menor rasguño. Estaba cubierto de polvo, con los pies perfectamente enmarcados por la ventana de la princesa. El ogro y el público aullaban de risa.

El Príncipe Encantador, furioso, blandía su espada mutilada contra ellos:

—¡Algún día os arrepentiréis!

—¡Ya estamos arrepentidos! —bromeó otro espontáneo.

Encantador tiró su espada, recogió su caballo y abandonó el escenario. Salió a un callejón oscuro, donde había improvisado un camerino para vestirse. En la colina, a lo lejos, divisó las torres del magnífico castillo de Más Más Allá. Recordó al espantoso ogro, Shrek, que le había robado la oportunidad de gobernar el país. El Príncipe Encantador se sentó ante su tocador roto y comenzó a sollozar.

Cuando por fin levantó la vista, se encontró con la foto del Hada Madrina pegada con cinta adhesiva al espejo del tocador:

«¡No pierdas la esperanza! Angelito de mamá.»

El Príncipe Encantador suspiró.

—Tienes razón, madre. No puedo permitir que esto suceda. ¡No puedo!

Se levantó, echó los hombros hacia atrás y contempló el castillo con una mirada fría. Levantó la barbilla.

—Yo soy el legítimo rey de Más Más Allá —exclamó—, y te prometo una cosa, madre. ¡Devolveré la dignidad a mi trono!

En aquel instante, un golpe de viento le lanzó un periódico a la cara. Él se lo arrancó y le echó un vistazo. En plena portada aparecía una foto de Shrek acompañado por su flamante esposa, la princesa Fiona, saludando con gesto regio a una multitud de ciudadanos. ¡Qué injusto, injusto, injusto! Era él, el Príncipe Encantador, quien debía estar casado con la princesa. ¡Así se suponía que iba la historia!

—¡Esta vez, nadie se interpondrá en mi camino! —gritó, arrugando el papel hasta convertirlo en una pelota compacta—. ¡NADIE!

Capítulo dos

Entretanto, en el castillo, Shrek y Fiona tenían problemas para adaptarse a la rutina real. Cuando despertaron, el sol brillaba y entraba por la ventana de su dormitorio.

Pero sólo disfrutaron de un breve instante para mirarse con cariño y darse los buenos días, porque Asno apareció de pronto junto a su cama, alegre y risueño.

—¡Buenos días! —cantó.

Gato con botas no andaba muy lejos. Asomó la cabeza por la gatera.

—¡Buenos días!

Asno continuó su alegre canción:

—Brilla en el cielo el sol. Buenos días. Buenos días para ti. Y para ti.

—Y para ti —añadió Gato.

—Y para ti... —entonó Asno en la oreja de Shrek.

Shrek rodeó el hocico de Asno con sus manos de ogro y le miró fijamente a los ojos.

—Ja, ja. Ha estado estupendo —dijo—. Ahora..., ¿conoces la cancioncilla del ogro que despellejó al asno?

Shrek señaló a la puerta a modo de indirecta.

—Claro, claro, dormilón —dijo Asno, sin prestarle mucha atención—. Es hora de fichar. Y como siempre, tus secretarios de dirección están aquí para asegurarse de que tus compromisos reales vayan como la seda.

—Sí —añadió Gato—. Tienes un día muy ajetreado sustituyendo al rey y la reina. Hay varias funciones que requieren su compromiso real, señor.

—Qué ilusión —suspiró Shrek.

—¡Venga, en marcha! —exclamó Asno.

Arrancó las sábanas de la cama de Shrek y dio un respingo al ver las piernas desnudas del ogro.

—¡Aaaahhhh! —exclamó—. Sabes, deberías ponerte pijama.

¿Qué podía hacer Shrek? Su viejo amigo Asno tenía razón. Le gustara o no, tenía trabajo pendiente. Con el padre de Fiona convertido en rana, y enfermo en la cama, le tocaba a Shrek cumplir con los deberes reales.

Lo primero en el programa era una ceremonia de caballería. Shrek se mentalizó y recorrió el pasillo de una iglesia abarrotada. El joven soldado que iba a ser nombrado caballero observó con gesto nervioso cómo se acercaba Shrek. ¡No era precisamente el rey que él esperaba!

Gato hizo una reverencia y entregó una espada a Shrek. Con su propia espada, Gato hizo una demostración de cómo se debía nombrar al caballero: un leve toque de la espada en cada uno de los hombros del soldado.

Shrek practicó: un toque aquí, otro allá. Shrek miró por encima del hombro a Gato para asegurarse de que lo estaba haciendo bien cuando, de pronto..., ¡atravesó al caballero por accidente!

La multitud dio un respingo, espantada.

—¡*Puaj!* —exclamó Asno.

¡Shrek no sabía qué hacer! Durante todo el día, las cosas sólo fueron de mal en peor. Después de encontrar ayuda para el pobre soldado, le tocó asistir al bautizo de un nuevo buque de la Marina Real. Tampoco se le dio muy bien. El almirante entregó a Shrek la botella de champán para el bautizo. Él se apoyó contra el buque un instante y el buque... ¡se lanzó a navegar! Ansioso por estrellar la botella contra el barco, como era costumbre en Más Más Allá, Shrek la lanzó con su poderoso brazo. ¡La botella abrió un boquete en el lateral del barco y lo hundió como una piedra!

Asno y Gato se miraron consternados.

¡Empezaba a congregarse una multitud de ciudadanos y no parecían muy contentos!

Por último, el baile real estaba programado para la noche, y los secretarios de dirección de Shrek decidieron que ya era hora de arrastrarlo hasta Raúl para someterle a un cambio integral de imagen.

Raúl, el maquillador real, ató unos delantales a los cuellos de Shrek y Fiona y escudriñó a los enormes ogros.

—La cosa ha sido difícil hasta ahora —declaró Asno—, pero todo va a cambiar en la fiesta de esta noche. Nos aseguraremos de que tengáis un aspecto imponente.

—¿Puedes hacer funcionar tu magia, Raúl? —preguntó Gato.

—Ya veremos —respondió Raúl.

Abrió una bolsa llena de herramientas de jardín.

Shrek levantó una ceja. ¿Qué clase de cambio hacía falta para lograr que pareciera un rey, siquiera remotamente?

Raúl sacó una lija circular y comenzó a limar las horrorosas uñas de los pies de Shrek.

Después tocaba el maquillaje. Una lágrima se formó en el enorme ojo de ogro de Shrek cuando Raúl le aplicó una capa de rímel. ¿Acaso merecía la pena tanto esfuerzo sólo por ser rey?

Fiona tampoco lo llevaba bien. Estaba sentada a su lado y... ¡le estaban arrancando los pelos de la nariz!

—¡Ay! —exclamó.

Después, lápiz de labios para los dos. Ropa estilosa. Calcetines y zapatitos apretados. ¡Cuellos y corsés, y remaches y cinturones...!

Por fin la nueva pareja real, recortada y pintada y cinchada, se colocó ante Asno y Gato, toda engalanada con los más elegantes ropajes renacentistas.

Asno y Gato se quedaron boquiabiertos de deleite al verlos.

—Mmm..., ¿de veras hace falta todo esto? —preguntó Fiona.

—Ja, ja. Mucha falta, Fiona —dijo Raúl a Shrek.

—¡Yo soy SHREK, cretino! —exclamó Shrek.

—Qué más da —contestó Raúl.

—¡Atención todo el mundo! —exclamó Gato—. Esto no es un ensayo. Vamos a darnos un poco de prisa.

El baile estaba a punto de comenzar.

—¡Todos a sonreír! ¡A sonreír! —Asno daba instrucciones.

El paje real comenzó a anunciar a los invitados a medida que iban llegando:

—... El duque y la duquesa de Cheesington..., lord Meatballs y lady Redsauce..., lord Kooser y lady Luncheonmeat..., maestro Wooten y lady Beshears...

Shrek tomó la mano de Fiona.

—No sé cuánto tiempo voy a poder soportar esto —suspiró.

—Tú sonríe y aguanta, ¿vale? Sólo será hasta que papá se ponga mejor —dijo Fiona.

Hizo una pausa.

—¿Shrek?

—¿Sí?

Ella sonrió.

—Estás muy guapo.

Shrek se relajó un poco y le devolvió la sonrisa.

Fiona frunció los labios y Shrek se inclinó para besarla.

El caso es que el almidón y el volumen de sus nuevas indumentarias se lo impedían. Suspiraron.

—Aaay, me pica mucho el culo y no llego con este esmoquin —gimió Shrek.

Alargó la mano hacia atrás para rascarse el culo, pero no tuvo más éxito que cuando había intentado besar a Fiona. ¡Era inútil!

Entonces vio a uno de los sirvientes, que llevaba un largo cetro de rubíes.

—¿Cómo te llamas? —preguntó Shrek.

—Pues... Fiddlesworth, señor —respondió el hombre.

—Jo, jo, jo. ¡Perfecto! —rió Shrek satisfecho.

Le pidió a Fiddlesworth que le rascara el culo con el cetro.

En aquel instante comenzó a levantarse el telón y el maestro de ceremonias anunció:

—Señoras y señores, representando al rey y la reina de Más Más Allá... ¡la princesa Fiona y sir Shrek!

El público comenzó a vitorear. Pero los aplausos se

fueron apagando cuando, uno por uno, todos se iban dando cuenta de que Fiddlesworth le estaba rascando el culo a Shrek.

—¡Rasca, Fiddler, viejo amigo! —exclamó Shrek—. ¡Ahhh! Muy bien, justo ahí...

Gato y Asno se miraron inquietos.

—Ah, un poco más a la izquierda, sí —dijo Shrek, que todavía no se había dado cuenta de que todos les miraban a él y a Fiddlesworth.

—Oye, Shrek —interrumpió Fiona.

La multitud ya estaba boquiabierta de espanto.

Fiona luchaba desesperadamente por atraer la atención de Shrek.

—Mmm, así, así —continuó Shrek.

—¡Shrek! —exclamó Fiona.

—Aaah, eso. ¡Ráscame ahí! —cantaba Shrek.

—¡¡SHREK!!

Shrek salió del aturdimiento de aquel rascado y cuando por fin levantó la vista se encontró con la mirada de toda la multitud que le estaba observando. Fiddlesworth se quedó helado. Shrek soltó una risita nerviosa. Al hacerlo, comenzó a temblarle la tripa, y la nueva hebilla de su cinturón salió volando y le atizó a Asno en el ojo.

—¡Ay! ¡Mi ojo! ¡Mi ojo! —gritó Asno, tambaleándose a ciegas por el salón de baile.

Se aferró a una señora que estaba entre la multitud.

—¡¿Pero qué hace?! —gritó ella, apartando a Asno.

Asno tropezó y cayó contra un guardia que estaba sujetando un hacha real de batalla. El hacha salió volando de las manos del guardia, pasó zumbando junto a la cabeza de Gato y tiró un gran jarrón. El jarrón salió despedido hacia el escenario y Fiona logró interceptarlo. Pero el balanceo del agua del jarrón le hizo perder el equilibrio. Se cayó y chocó contra Shrek. A él se le soltó el cuello de la camisa y le dio en la cara, al tiempo que cedía el broche que le sujetaba los pantalones. ¡El pobre Shrek se encontró de pie sobre el escenario con el cuello levantado y los pantalones por los tobillos!

—¡Fiona! —exclamó desesperado.

Se dirigió hacia ella arrastrando los pies.

Tropezó con los pantalones y aterrizó sobre un tablón suelto del escenario. El otro lado del tablón se elevó como una catapulta y Fiddlesworth salió volando por los aires.

—¡Aaayyy! —lloriqueaba Fiddlesworth, que colgaba peligrosamente del mástil de un estandarte suspendido a gran altura.

Shrek se inclinó hacia Fiona, que seguía en el suelo.

—¿Estás bien? —preguntó.

—Sí —suspiró ella—. Estoy bien.

Sobre sus cabezas escucharon el sonido de la chaqueta de Fiddlesworth que se desgarraba. La chaqueta cedió, y la multitud dio un respingo al ver que su dueño se precipitaba contra un camarero que iba cargado de brochetas llameantes.

Las brochetas salieron volando. Pasaron silbando junto a Asno y se clavaron en las cortinas, que empezaron a arder.

Asno tiró de una de las brochetas, apagó la llama y probó un mordisquito.

—¡Mmm! ¡Gambas! —exclamó—. ¡Mis favoritas!

Mientras masticaba, el fuego se iba extendiendo. Pronto las vigas del techo comenzaron a arder. Un gran escudo se incendió y cayó desde una de las vigas sobre el escenario. El escenario de madera se derrumbó y las mesas, llenas de comida, salieron volando hacia Shrek y Fiona.

Ellos permanecieron de pie en medio del caos, limpiándose la comida y el maquillaje de las caras, preguntándose si alguna vez se sentirían preparados para ser rey y reina.

Capítulo tres

Aquella noche, Shrek entró en el dormitorio hecho una furia.

—¡Se acabó, Fiona! ¡Nos vamos! —declaró.

—Cariño, por favor, cálmate —intentó tranquilizarle Fiona.

—¿Que me calme? ¡¿A quién queremos engañar?! —exclamó Shrek—. ¡Soy un ogro! No estoy hecho para esto, Fiona, y nunca lo estaré.

Shrek se limpió el maquillaje y tiró la camisa al suelo. Se derrumbó sobre la cama, desesperado.

Justo a su lado asomaron una cabeza y un par de cascos por debajo de la colcha.

—Yo creo que la cosa ha salido muy bien —opinó Asno.

A Shrek por poco se le saltan los ojos de la cara del susto.

—¡Asno! —gritó.

Sacó a Asno de la cama a rastras y lo llevó hacia la puerta.

—Venga, hombre, Shrek —protestaba Asno.

—¡Fuera de aquí! —exclamó Shrek, echando al molesto equino a patadas.

Shrek regresaba satisfecho hacia la cama cuando se encontró con El Gato..., ¡cómodamente apoyado en su almohada!

—Desde luego, hay gente que no entiende de límites —suspiró Gato, y señaló a Asno haciendo un gesto con la cabeza.

Shrek agarró al irritante felino por el pescuezo, lo lanzó por la ventana y cerró ésta.

Gato se puso a mirar a través del cristal con cara de pena y los ojos muy abiertos.

Shrek miró con el ceño fruncido y cerró la persiana. Al fin solo con Fiona, volvió a acostarse en la cama.

Fiona intentaba consolarle.

—Piénsalo, un par de días más y estaremos de vuelta en casa, en nuestra choza llena de alimañas, sembrada de hongos, inundada por la peste podrida del barro y el abandono...

Shrek respiró hondo y suspiró. Por primera vez en todo el día se sintió relajado de verdad.

—Me has convencido nada más decir lo de «llena de alimañas».

—Y... bueno —dijo Fiona dubitativa—, puede que incluso las pisadas de unos diminutos piececitos por el suelo...

Shrek soltó una risa ahogada.

—Tienes razón. Las ratas de la ciénaga estarán criando.

—Bueno, no..., yo estaba pensando en algo un poco más grande que una rata de la ciénaga —añadió Fiona, sin saber muy bien cómo explicarle a su marido lo que estaba pensando.

—¿Asno? —preguntó Shrek.

—No, Shrek. Bueno, qué te parece si en teoría...

—¿Sí? —Shrek se acercó más a ella, todo oídos.

—¿Y si fueran pequeños pies de ogro?

Shrek se giró hacia ella. Se quedó mudo un instante, mirándola.

Respiró hondo.

—Ah —dijo cauteloso—. ¿Cariño? En teoría no estoy preparado para tener niños.

—¿Por qué no? —preguntó Fiona.

—Bueno, es que los niños son, quiero decir... —tartamudeó Shrek—. ¿Has visto algún niño últimamente? No hacen más que comer y hacer caca y llorar y después llorar cuando hacen caca y hacer caca cuando lloran y...

Fiona le interrumpió:

—Shrek, ¿nunca piensas en tener familia?

Shrek la rodeó con sus grandes brazos de ogro y le dio un tierno abrazo.

—Ahora mismo tú eres mi familia.

Se inclinó hacia ella para recibir el beso que llevaba todo el día esperando cuando, de pronto, Fiona y él vieron su abrazo interrumpido por alguien que llamaba a la puerta con fuerza.

Cuando levantaron la vista, la puerta se abrió de pronto. El paje real estaba firme en el umbral y exclamó:

—¡Princesa Fiona!

Shrek lanzó un gemido. ¡Otra interrupción!

—Bueno —dijo enfadado—, espero que, como poco, alguien se esté muriendo.

Capítulo cuatro

El paje guió apresuradamente a Shrek y Fiona hasta la habitación del rey, donde éste yacía sobre su hoja de nenúfar, tosiendo.

—Me muero —aseguró.

Respiró hondo y le entró un violento ataque de tos. Shrek miró a Fiona con un gesto de culpabilidad.

La reina Lillian permanecía de pie junto a la cama.

—Harold —dijo, calmándole.

—No olvides pagar al jardinero, Lillian —respondió él.

—Claro que no, querido —confirmó ella, complaciente.

Se había acostumbrado a sus ideas erráticas desde que el Hada Madrina le había convertido en rana.

—Fiona... —dijo el rey, reprimiendo un ataque de tos.

—¿Sí, papá?

—Sé que he cometido muchos errores contigo.

—Tranquilo —susurró Fiona.

—Pero tu amor por Shrek me ha enseñado muchas cosas.

Fiona sonrió.

El rey se giró hacia Shrek.

—Mi querido chico, me siento orgulloso de llamarte mi hijo.

Shrek también sonrió.

—Ahora, tenemos que ocuparnos de una cuestión de negociooos...

Todos se quedaron mirando llenos de impotencia, mientras el rey sufría otro ataque de tos.

Fiona y Shrek se inclinaron hacia él. ¡Había dejado de respirar!

Gato se quitó su sombrero adornado con un penacho y saludó haciendo una floritura.

—El rey Rana ha muerto —declaró.

A Fiona se le llenaron los ojos de lágrimas.

De pronto el rey boqueó de nuevo y volvió a toser.

Asno le dio un codazo a Gato.

—Ponte otra vez el sombrero, tonto —cuchicheó.

—Shrek, acércate por favor —ordenó el rey.

Fiona miró a Shrek con gesto de preocupación.

—¿Sí, papá? —preguntó Shrek, acercándose más.

—Este reino necesita un nuevo rey. Fiona y tú sois los siguientes en la línea de sucesión.

—Uy. Los siguientes —repitió Shrek nervioso—. Ves, papá, por eso te quiere la gente. Incluso en el lecho de muerte sigues haciendo bromas.

El rey le devolvió la mirada con un rostro pétreo.

—Venga, hombre, tiene que haber alguien más —dijo Shrek nervioso—. ¿Nadie?

—Aparte de vosotros, sólo queda un heredero —respondió el rey.

A Shrek se le iluminó la cara de esperanza.

—¿En serio? ¿Quién es?

—Se llama... —el rey jadeó buscando aliento—. Se llama...

Shrek y Fiona se acercaron más, desesperados por escuchar el nombre. El rey dejó de respirar y volvió a reclinarse sobre su hoja de nenúfar.

—¡Papá! —se lamentó Fiona.

Una mosca escapó de la boca del rey.

Gato volvió a quitarse su sombrero adornado con un penacho.

De pronto, la lengua de rana del rey salió disparada y volvió a atrapar a la mosca.

Gato volvió a colocarse el sombrero rápidamente.

—Se llama Arthur —dijo el rey, masticando la mosca.

—¿Arthur? —preguntó Shrek.

—Sé... que haréis... lo correeeeecto —resolló el rey con su último aliento.

Fiona se echó a llorar y se abrazó a su marido. Shrek estaba tieso como una estatua: mudo y conmocionado.

Asno agachó la cabeza.

—Ahora sí que toca, tío —dijo, dando un codazo a Gato.

Gato se quitó el sombrero y esta vez lo sujetó contra su pecho.

La reina Lillian, Shrek y Fiona bajaron las cabezas y permanecieron junto a la cama del rey Rana, intentando asumir su muerte.

Los leales súbditos de Más Más Allá cerraron sus tiendas en silencio. Su amado rey Rana fue colocado en una pequeña caja de zapatos. Mientras un coro de ranas entonaba una canción de despedida a su rey, la reina Lillian colocó la caja suavemente sobre una hoja de nenúfar y dejó que flotara por el estanque.

Shrek y Fiona y todas las criaturas de los cuentos de hadas lo contemplaban.

Sin embargo, observando desde una colina lejana e inadvertida para todos, se encontraba una misteriosa figura a caballo envuelta en una capa. Sonrió con aire de suficiencia ante lo que veía. El reino de Más Más Allá estaba en su momento más débil. ¡Había llegado la hora de entrar en acción!

Capítulo cinco

La figura, envuelta en una capa, por supuesto, no era otra que la del desagradable Príncipe Encantador. Tras el funeral, cabalgó hasta el bar La Manzana Envenenada, entró pavoneándose por la puerta y recorrió el lugar con la mirada. El Capitán Pirata estaba charlando con Rumplestiltskin. Garfio tocaba canciones al piano y una bruja le acompañaba cantando. El malvado Maestro Titiritero ahogaba sus penas en cerveza, mientras que el enorme Cíclope montaba el toro mecánico medieval. En el rincón, la Bruja Malvada de Blancanieves echaba una partida de billar con otra de las brujas.

Sin apartar la vista de los malvados parroquianos, el

Príncipe Encantador se quitó la capa y la colgó de la rama de un Árbol Malvado. El árbol se fijó en la capa un instante y después la dejó caer sobre el mugriento suelo de piedra. Aunque los malvados de los cuentos de hadas no interrumpieron lo que estaban haciendo, todas las miradas se giraron hacia el Príncipe Encantador para vigilar cada uno de sus movimientos. ¿Qué hacía el precioso príncipe de pelo dorado en un lugar como aquél?

Él sacó un pañuelo blanco de su bolsillo, lo colocó con gran delicadeza sobre uno de los taburetes del bar y se sentó encima.

Carraspeó con fuerza, esperando captar la atención de su vieja amiga Doris.

—¿Qué tiene que hacer un príncipe para conseguir una bebida en este sitio?

Pero fue Mabel, la otra hermanastra fea de Cenicienta, quien surgió detrás de la barra.

—¿Dónde está Doris? —preguntó Encantador—. ¿Es que tiene la noche libre?

—Aquí no es bienvenida —gruñó Mabel con una voz masculina—, ¡y tú tampoco! —escupió en una jarra de cerveza vacía y la frotó con un trapo—. ¿Qué quieres, Encantador?

—No pido gran cosa. Sólo la oportunidad de redimirme —rió—. Y un ombligo peludo.

Encantador se levantó de su taburete y se dirigió a la multitud:

—¡Ombligos peludos para todos mis amigos!

Los villanos dejaron lo que estaban haciendo y le miraron suspicaces. El Capitán Garfio pasó el garfio por todas las teclas del piano.

—No somos tus amigos —gruñó.

El Príncipe Encantador gorjeó nervioso.

De pronto Mabel lo agarró por los hombros y lo aplastó contra la barra.

—Aaah —jadeó él.

El Capitán apretó su garfio contra la garganta de Encantador.

—Tú no perteneces a este lugar —le amenazó.

—Tienes razón, tienes toda la razón —tartamudeó el Príncipe Encantador—. ¿Pero acaso alguno de nosotros pertenece a este lugar?

—¡Arréglale la cara! —exclamó el Cíclope.

—¡No, no, espera, espera, espera! —contestó Encantador, pensando deprisa—. Nos parecemos más de lo que vosotros creéis.

—¡A ver cómo lloras, guapo! —se burló la Reina Malvada.

Encantador vio la oportunidad de poner a los villanos de su parte y se giró hacia la Reina.

—Los Siete Enanitos salvaron a Blancanieves y después... ¿qué sucedió? —preguntó Encantador.

—¿Y a ti qué te importa? —preguntó la Reina.

—Te dejaron hecha un desastre. Y aquí estás, echando billares para poder pagarte el próximo almuerzo. ¿Qué te parece? —preguntó, derrochando encanto.

—Bastante injusto —respondió la Reina.

—¡Y tú! —exclamó Encantador, girándose para dirigirse

al Maestro Titiritero. Tu marioneta estrella abandona el espectáculo para ir a buscar a su padre.

—Odio a ese pequeño muñeco de madera —gimoteó el Maestro Titiritero.

—Y Garfio... —el Príncipe Encantador hizo una pausa dramática y bajó la vista hacia el garfio apretado contra su garganta—. Creo que no necesito añadir nada más.

Garfio retrocedió, acomplejado por su miembro metálico.

—Y tú, Frumpypigskin.

—Rumplestiltskin —le corrigió ella, irritada.

—¿Dónde está ese primogénito que te prometieron, eh?

A medida que los villanos iban reaccionando, aumentaba la confianza del Príncipe Encantador. Miró a Mabel a los ojos.

—¿Recuerdas que no te cabía el piececito rechoncho en aquella diminuta zapatilla de cristal?

Mabel asintió.

—Bueno, pues Cenicienta está en Más Más Allá ahora mismo, comiendo bombones y codeándose con todas y cada una de las criaturas de cuentos de hadas que han sido injustas contigo.

—Había una vez alguien que decidió que nosotros éramos los perdedores. ¡Y aún no se ha contado nuestra versión de la historia!

Para entonces, todos los villanos escuchaban embelesados al Príncipe Encantador.

—Entonces, ¿os uniréis a mí? —preguntó—. ¿Quién quiere ganar por una vez? ¿Quién quiere comer perdices?

La multitud de villanos gritaba y vitoreaba y comenzaba a armar escándalo. Cuando quiso darse cuenta, el Príncipe Encantador se encontró de pie en medio de una bronca de tasca. Se agachó cuando una botella pasó volando junto a su cabeza. Mantuvo la cabeza baja mientras sorbía su ombligo peludo, pensando en la manera de organizar a aquella pandilla de villanos, ahora que había logrado que le prestaran atención.

Capítulo seis

Abajo, en los muelles, había llegado el momento de que Shrek, Asno y El Gato se despidieran de sus seres queridos con lágrimas en los ojos para partir en busca del famoso Arthur.

Gato tomó a su amada más reciente entre sus brazos... y la miró a los ojos.

—No está en mis manos, señorita, los vientos de la fortuna han soplado sobre mi destino. Pero jamás la olvidaré. Es el amor de mi vida.

Acababa de pronunciar aquellas palabras cuando se le acercó otro amor de su vida. Él la miró con ojillos soñadores.

—Como también lo es usted...

No tardaron en llegar otras bellas gatitas.

—Y usted. Y usted —continuó Gato lleno de entusiasmo—. Y, bueno... —descubrió a una a quien no conocía—, no la conozco, pero me gustaría. ¡Tengo que partir!

Escapó acompañado por el sonido de una pelea de gatas a sus espaldas.

Pasó como una exhalación junto a Dragona, que intentaba contener las lágrimas mientras se despedía de su querido Asno.

Soltó un suave gemido de dragona.

—Lo sé, lo sé —la tranquilizaba Asno—. Yo tampoco quiero dejarte, pequeña, pero ya sabes cómo es Shrek —dijo Asno con voz suave—. Ese tipo está perdido sin mí.

Ella esbozó una sonrisa tierna y comprensiva.

—Pero no te preocupes, te enviaré besos por correo aéreo todos los días —prometió Asno.

Aguantando las lágrimas él también, bajó la mirada hacia su camada de pequeños dragasnos.

—¡Tenéis que ser fuertes, chicos! ¡Sed fuertes! —les consoló—. A ver, Coco, Peanut, obedeced a mamá, ¿vale? Y Bananas, no vuelvas a tostar malvavisco en la cabeza de tu hermana.

—¡At-chúuuuuus! —Bananas soltó un tremendo estornudo.

—Ay —suspiró Asno—, ése es mi chico. A ver, venid aquí todos. Dadle a vuestro papá un abrazo bien fuerte.

Fiona estaba abrazando a uno de los dragasnos. Lo mandó junto a sus hermanos y contempló con cariño cómo los pequeños se arremolinaban alrededor de su papá asno.

—Bueno, ha llegado el momento —dijo Shrek, acercándose a ella.

Fiona respiró hondo, preparándose.

—Shrek, tengo que decirte una cosa.

—Lo sé —dijo Shrek—. Tu madre esperaba que pudiéramos quedarnos. Pero hay que ser realistas, Fiona. Los dos sabemos que cualquiera sería mejor rey que yo.

—No es eso. No. Es que... verás —tartamudeó Fiona—,

me gustaría que no tuvieras que marcharte justo ahora, porque...

—Lo sé —interrumpió Shrek—. Pero no te preocupes, porque regresaremos trayendo a ese tipo, Arthur, antes de que puedas darte cuenta siquiera.

Fiona no parecía muy convencida.

—Y si me da problemas, siempre puedo echar mano de la persuasión y la razón —dijo, levantando primero el puño derecho y luego el izquierdo—. Ya lo verás —intentó calmarla—, pronto estaremos solos tú y yo, por fin.

—No estaremos solos tú y yo...

La sirena del barco sonó y el capitán gritó:

—¡TODOS A BORDO!

—Venga, ya lo verás —dijo Shrek distraído—. Te lo prometo. Te quiero.

Fiona luchaba por sacar las palabras de su interior, pero todo sucedía demasiado deprisa. Shrek le dio un beso muy fuerte. Y cuando quiso darse cuenta, él ya estaba en el barco, de pie junto a Asno y Gato. Los tres amigos saludaron desde la cubierta. En el cielo, los pequeños dragasnos escribieron «Te queremos, papá» con chorros de humo.

—¡Qué mooonos! —exclamaron todas las criaturas de los cuentos de hadas que se habían reunido para despedirse de Shrek y sus amigos.

Asno se enjugó las lágrimas.

—¡Adiós, hijitos!

Shrek saludó a Fiona con la mano.

—¡Shrek! —exclamó ella, corriendo detrás del barco que acababa de zarpar.

¡¡Tenía que decírselo!!

—¿Qué? —preguntó Shrek.

—¡Espera! —exclamó ella desesperada.

—¿Qué pasa? —preguntó Shrek.

Ella sonrió, respiró hondo y gritó:

—Estoy..., estoy...

El capitán volvió a tocar la sirena, que ahogó la voz de Fiona.

Shrek le devolvió la sonrisa, sin oír ni una palabra.

—¡Yo también te quiero, cariño!

—No... no; digo que estoy em...

La sirena volvió a sonar.

Shrek arrancó la sirena y la lanzó por la borda.

—¿Que estás qué...?

—¡He dicho que estoy embarazada! —gritó Fiona.

Las criaturas de los cuentos de hadas vitorearon.

Shrek se hurgó una oreja, incrédulo.

—¿¡Que estás qué...!?

—¡Vas a ser padre! —exclamó Fiona.

Shrek se quedó mudo un instante. Soltó una risa nerviosa.

—Es estupendo —dijo.

—¡Ya lo sé! —exclamó Fiona—. ¡Te quiero!

Shrek esbozó una débil sonrisa.

—Sí..., je, je... Yo también..., tú...

La reina Lillian abrazó a Fiona y las dos se quedaron saludando desde el muelle hasta que el barco desapareció entre la niebla.

Asno, entusiasmado con la noticia, comenzó a gritar:

—¡Voy a ser tío! ¡Voy a ser tío!

El Gato se limitó a sacudir la cabeza mirando a Shrek con un gesto de complicidad:

—Y tú, mi querido amigo, te has metido en un real problema.

Capítulo siete

Aquella noche, Shrek se quedó profundamente dormido en su litera mecido por las olas. Cuando quiso darse cuenta estaba en el país de los sueños y el barco avanzaba por un río muy ancho. ¡Le resultaba tan familiar!

—¡Por fin, ya estoy en casa! —suspiró cuando el barco atracó en la blanda arena.

Sonrió y se enjugó una lágrima de felicidad.

Se bajó del barco de un salto y miró a su alrededor. Allí, ante sus ojos, estaba su querido hogar en la ciénaga.

—¡Yu-júuuu! —gritó.

Respiró hondo el aire pútrido y suspiró dichoso.

VII

—¿¡Shrek!? —oyó que le llamaba Fiona.

Él se dirigió hacia la casa, danzando y riendo como un niño contento.

Entró por la puerta muy chulo, cerrando los ojos y abriendo los brazos para recibir un buen abrazo.

Pero no hubo abrazo.

—¿Fiona? —llamó.

La habitación estaba en silencio. Miró a su alrededor, desconcertado. De pronto escuchó cómo se cerraba la puerta detrás de él. Cuando se dio media vuelta, descubrió un misterioso carrito de bebé tapado con una manta. Levantó una esquina de la manta y se asomó dentro. ¡Un pequeño bebé ogro le sonreía dulcemente!

—¿Cómo? Oh, no —gimió Shrek.

El bebé eructó.

Shrek sonrió.

—Mejor no guardárselo, siempre lo digo.

—¡Hipp!

De pronto el bebé empezó a vomitar encima de Shrek.

Él levantó las manos para protegerse del chaparrón. ¡Pero era inútil! Pronto el bebé y él estuvieron totalmente cubiertos de vómito.

—Ja, ja. No, no, no, no, no, no. No pasa nada —canturreó Shrek.

Tomó al bebé en brazos con torpeza e intentó esbozar una sonrisa dulce y paternal.

—¡Da-da! —exclamó el bebé.

¡De pronto toda la casa de la ciénaga estaba llena de bebés! Se tambaleaban por el cuarto de estar, arrancando las tapicerías, derribando los jarrones de las estanterías y tirando los platos y cubiertos de la mesa.

¡Los cuchillos se clavaban contra las tablas del suelo y los bebés paseaban entre ellos!

—¡Eh! —exclamó Shrek horrorizado—. ¡Eh, eh, eh, un momento! No, no. ¡Alto! Eh, eh, eh...

Uno de los bebés encendió una cerilla. Shrek lo cogió en brazos y apagó la llama. Después tuvo que rescatar a otro bebé del enorme caldero de la chimenea. Uno por uno,

Shrek fue recogiendo a todos los bebés y colocándolos en el carrito.

De pronto escuchó un fuerte estruendo y comenzaron a salir bebés de la chimenea. ¡Había docenas! También rompían los cristales y entraban por las ventanas.

Shrek abandonó el carrito y corrió hacia la puerta. Pero por muy deprisa que corría..., ¡la puerta se alejaba y se alejaba!

Por fin, agotado y sin resuello, logró alcanzarla. Cientos de bebés gorjeaban y eructaban y gateaban hacia él. Se lanzó hacia la puerta y la cerró de un portazo a sus espaldas. Se apoyó contra ella, cerró los ojos y suspiró aliviado. Pero cuando volvió a abrir los ojos se encontró sobre un escenario en su viejo instituto. La pancarta del fondo del auditorio decía: «Felicidades-Clase del 976 d. de C.» Había miles de bebés de ogro sentados entre el público. Se reían y le señalaban.

¡Entonces Shrek se miró y descubrió que estaba completamente desnudo, de pie en el escenario!

—¡¡¡Ahhhhhhh!!! —gritaba, cuando sonó la sirena del barco. Abrió los ojos de par en par y se incorporó en su litera—. ¡Asno! ¡Despierta, Asno!

Asno y Gato parecieron girarse lentamente hacia él. ¡Pero ambos tenían cara de ogros bebés!

Los ojos de Asno tenían un brillo rojo y, cuando sonreía, mostraba unos dientes afilados.

—¡Da-da! —exclamó.

—¡Ahhhhhhhhhhhhhhhhhh! —gritó Shrek.

Asno y Gato despertaron y se quedaron mirándole, alarmados.

—¡Shrek! Shrek, ¿estás bien? —exclamó Asno.

—Aaaah... —gimió Shrek—. No me puedo creer que vaya a ser padre.

Asno y Gato se miraron preocupados.

Shrek se apoyó sobre la barandilla del barco e intentó recobrar la compostura.

—¿Cómo ha podido suceder esto? —lloriqueó.

—Permíteme que te lo explique —se ofreció Gato—.

Verás, cuando un hombre tiene ciertos sentimientos por una mujer, le invade un fuerte impulso y...

—¡Ya sé cómo ha sucedido! —gruñó Shrek—. Lo que pasa es que no me lo puedo creer.

Shrek volvió a apoyarse sobre la barandilla y se quedó mirando al agua, desesperanzado.

Gato se subió de un salto a la barandilla, junto a él y le susurró en la oreja.

—Sabes que quiero a Fiona, jefe. ¿Verdad? Pero te hablaré de ti, de mí, el barco de mi primo, una jarra helada de mojitos y dos semanas de no hacer nada más que pescar.

Asno se acurrucó contra Shrek y le susurró en la otra oreja:

—Tío, no le escuches. Mira, te va a encantar tener hijos. Es como revivir tu infancia.

Shrek se quedó mirándole un instante, horrorizado.

—Vale, vale, ya lo entiendo, así que no tuviste una infancia feliz —dijo Asno—. Eso no quiere decir que tener un bebé vaya a arruinar tu vida.

—Bueno, a mí lo que me preocupa no es mi vida. Es la del niño.

Shrek agachó las orejas y bajó la cabeza.

—Estoy perdido —suspiró.

—Saldrás adelante —añadió Asno.

—Estás perdido —dijo el capitán del barco.

Asno, Shrek y Gato se quedaron mirándole.

El capitán carraspeó.

—Bueno, me refiero al viaje.

Señaló a la orilla. Un majestuoso castillo se alzaba sobre un gran acantilado.

—¡Hala! —exclamó Asno—. Arthur debe de ser un pez gordo. ¡Menudo castillo!

Gato se subió de un salto al hombro de Shrek.

—¡Encontraremos al primo de Fiona y tus problemas se habrán acabado, jefe! Bueno, quitando el asunto del bebé.

Capítulo ocho

Shrek, Asno y Gato estaban de pie al otro lado del foso del castillo, y Asno entornó los ojos para leer el cartel que había colgado en el portón.

—Wor-ces-ter-shiriii —deletreó.

—Se dice Worcestershire —dijo Shrek.

—Mmm, me gusta la salsa. Mmmmm... —Asno se relamió.

Se quedaron mirando mientras el puente levadizo se abría lentamente con un crujido.

—¡Vaya, creo que nos estaban esperando! —exclamó Asno.

Habían empezado a cruzar cuando escucharon a un caballo que relinchaba a sus espaldas. Cuando se giraron vieron que galopaba hacia ellos..., ¡arrastrando un autobús escolar lleno de niños! Los tres amigos se apartaron de un salto.

Los niños gritaron espantados al ver a Shrek.

Asno se quedó desconcertado.

—¿Se puede saber qué clase de sitio es éste?

Shrek se estremeció.

—Me duele la tripa y me sudan las palmas de las manos. Debe de ser un instituto.

—¡¿Un instituto?! —exclamó Asno.

En el patio vieron a un grupo de animadoras medievales practicando sus movimientos.

—¿Vamos? —gritó quien dirigía al grupo—. ¡Muy bien! ¿Adónde vamos? ¿A lo más alto?

—¡Eso! ¡Eso! —respondió el grupo.

—¿Alguien nos puede parar?

—¡Eso no! ¡Eso no!

Shrek levantó la vista al cielo y pasó de largo con gesto digno.

—¡Ahhhhhhhhh! —un chico asustado corrió hacia el aparcamiento, donde estaban aparcados carruajes de todas las formas y tamaños.

Un carruaje tirado por un caballo cruzó por delante de Shrek, y él leyó el cartel que llevaba en la parte de atrás: «Cuidado—Alumno en prácticas».

Shrek, Gato y Asno escucharon al profesor, que daba consejos al conductor novel con voz nerviosa.

—Bien, señor Percival, afloje las riendas.

Los tres amigos se encogieron cuando el caballo pegó un brinco y estampó el lateral del carruaje contra un árbol.

Shrek, Asno y Gato observaban todo mientras, en sus mentes, revivían sus propios días de instituto.

—Ya empiezo a sentir náuseas de recordar las bromas pesadas —gimió Asno.

Gato le miró, extrañado.

—Pero..., ¿a ti te gastaban bromas pesadas?

—Digamos que hay cosas de las que es mejor no hablar, y dejémoslo ahí, por favor —respondió Asno.

Se detuvieron para escuchar a dos chicas que estaban acurrucadas bajo un arco medieval, comentando sus vidas amorosas.

—Entonces me puse en plan de «prefiero coger la peste negra y que me torturen antes que ir contigo» —dijo una.

—Y que lo digas —asintió la otra.

—Eeeh..., perdón —dijo Shrek, acercándose a ellas.

—¡Ay, qué asco! ¡Pero qué asco! —exclamó una.

—¡Sí, qué asco! —asintió la otra.

Las dos huyeron despavoridas.

En otro rincón del patio un par de chavales jugaban a «Dragones y mazmorras».

—¡Sí! —escucharon gritar a uno—. ¡Acabo de alterar mi nivel de carácter a un más tres de superhabilidad!

Shrek se acercó a ellos.

—Hola, estamos buscando a alguien llamado...

—Guau —le interrumpió el chico—, ¿quién ha sacado un encantamiento más nueve e invocado a la bestia y a sus cuadrúpedos?

El otro chico empezó a carcajearse y resopló encantado. De pronto empezó a sangrarle la nariz, y el pánico se apoderó de él como si le hubieran herido de muerte.

Shrek levantó la vista hacia el cielo.

—¿Alguno de vosotros dos, torpes adolescentes, quiere indicarme dónde puedo encontrar a Arthur? —preguntó.

El chico echó la cabeza hacia atrás e intentó desesperadamente detener la hemorragia nasal.

—Está allí —respondió el primer chaval señalando al campo de atletismo.

Shrek vio a un audaz caballero vestido con una brillante armadura y montado en su blanco corcel. El caballo se encabritó, impaciente y listo para cargar. Los tres amigos entraron apresuradamente en el campo, a tiempo para la justa. El caballo holló la arena con los cascos. Se le hincharon los agujeros de la nariz. El caballero no apartaba la mirada de su contrincante y... ¡se lanzaron a la carga!

El otro caballero abrió los ojos como platos al ver que el audaz caballero se acercaba. *¡Blam!* La lanza golpeó y le mandó volando por los aires por encima de la cabeza de Shrek.

Shrek miró al caballero victorioso, que se quitó el casco para mostrar su atractivo rostro y una sonrisa satisfecha.

—¡No hay sabor más dulce que el de la victoria! —exclamó el caballero.

—¡Ey! ¡Muy bien! ¡Uuu! ¡Uuu! ¡Uuu! —animaban los demás aficionados que se encontraban entre el público.

Shrek estaba impresionado. Se giró hacia Gato:

—¿¡A que este Arthur tiene toda la pinta de un rey!?

Sonrió y se acercó al caballero victorioso.

—Ay —escuchó una vocecilla que venía de abajo.

Shrek bajó la mirada y se dio cuenta de que le estaba pisando el pecho al contrincante del caballero.

—Uy, perdón —dijo.

El caballero perdedor ni se inmutó. Se quedó allí tumbado con los brazos y las piernas aún despatarrados, justo donde había golpeado el suelo.

—¿Acabas de decir que buscas a Arthur? —preguntó.

—Eso depende —respondió Gato.

—¿Se ha metido en algún lío? —preguntó Artie.

—Es alto secreto, *chsss, chsss* —añadió Asno.

—Sí, claro, no hay problema —dijo el chico— . Pero es sólo para que sepáis que prefiere que le llamen por su mote, Peaches.

Shrek parecía escéptico.

—¿¿Peaches?? —preguntó Asno.

—Peaches —insistió el quinceañero.

Shrek agitó las orejas, perplejo.

—¡Ahora, marchemos a las duchas! —gritaba el caballero victorioso.

—¡Ey! ¡Muy bien! ¡Uuu! ¡Uuu! ¡Uuu! —gritaron los aficionados al unísono.

Pero al ver al enorme ogro, la montura del caballero retrocedió asustada y el caballero acabó en el suelo.

Shrek se acercó a él.

—Saludos, Majestad. Hoy es su día de suerte. Su reino le espera.

—Bueno, y... ¿qué se supone que eres tú? —preguntó el caballero—. ¿Una especie de *leprechaun* mutante gigante o algo por el estilo?

—Sí, claro, seguro —respondió Shrek—. Soy un *leprechaun* mutante gigante.

Tras pronunciar aquellas palabras levantó en vilo al caballero, se lo cargó al hombro y se puso en marcha con él a cuestas.

—¡Soltadme, monstruo! —gritó el caballero.

—Tranquilízate, Peaches —se burló Shrek.

—¿Cómo me has llamado? —exclamó el caballero.

—Peaches —dijo Asno.

—Peaches —añadió Gato.

—¡Dejad de llamarme así! —gritó el caballero indignado.

Shrek cargaba con el reticente caballero hacia la verja.

—Vale —dijo Shrek—, pero llegamos tarde a tu coronación, Arthur.

—¡Yo no soy Arthur! —dijo el caballero.

Shrek frenó en seco, alargó el brazo sin soltarle y le examinó frente a frente.

—Soy Lancelot —dijo el caballero orgulloso.

Shrek miró por encima de su hombro y vio al contrincante derrotado de Lancelot que huía a la carrera.

—¡Eh! —gritó Shrek.

Arthur miró hacia atrás, a Shrek, pero se dio media vuelta y siguió corriendo.

Shrek dejó caer a Lancelot al suelo y empezó a perseguir a Arthur. Asno y Gato trotaban detrás de Shrek, intentando alcanzarle.

Una de las animadoras saludó con la mano para atraer la atención de Shrek.

—¡Ejem! Mira, me da mucho corte, pero a mi amiga, Tiffany, le pareces tan mono...

Shrek se paró a escuchar, pero no tenía ni idea de lo que ella intentaba decirle.

—... y se preguntaba si querrías invitarla al baile o algo así....

—Perdón, ¿cómo dices? —exclamó Shrek.

—Es que —continuó la animadora—. Le encantan los tíos que van a la universidad y las criaturas míticas, y en ese plan.

Ella se quedó haciendo globos de chicle mientras Shrek, Gato y Asno se lanzaban al interior del colegio para registrar las clases en busca del esquivo Arthur.

Capítulo nueve

Eh, Ar-thur! Sal de dondequiera que estés —llamaba Shrek.

Los estudiantes tenían demasiado miedo de Shrek como para molestarle, pero el pobre Asno pronto se encontró encerrado en una taquilla. Un grupo de adolescentes le señalaba y se reía mientras él luchaba por salir de aquel lugar tan estrecho.

Asno les lanzó una mirada furiosa:

—¡Será mejor que echéis a correr, enanos, porque los días del Burrito Calzoncillos Grandes han acabado!

Pero los bellacos ya le habían pegado un cartel de «Apesto» en la nuca.

Salieron corriendo, riéndose más fuerte que nunca.

De pronto Gato gritó:

—¡Atención, jefe! ¡Allí va Arthur!

Vieron que Arthur se lanzaba al gimnasio, donde todos los estudiantes se habían reunido para celebrar un maratón de animación.

El director, Pynchley, de pie en el centro del gimnasio, se acercó un megáfono a la boca. Las gradas estaban llenas de estudiantes. Pynchley agradecía al profesor Primbottom su estimulante conferencia titulada «Sólo tienes que decir que no» cuando un par de estudiantes se colocaron uno a cada lado de él: uno disfrazado de dragón y otro de grifo.

Pynchley saludó a los dos estudiantes.

—Y ahora, sin más preámbulos —anunció por el megáfono—, vamos a dar un fuerte aplauso al ganador de nuestro «Concurso de Nuevas Mascotas»...

De pronto las puertas del gimnasio se abrieron de golpe y todo el mundo se giró para ver la enorme y aterradora mole de Shrek en el umbral.

—¿¡... el ogro!? —exclamó Pynchley.

La banda comenzó a tocar y los estudiantes empezaron a aplaudir.

El alumno que iba vestido de grifo se arrancó la máscara y la tiró al suelo.

—¡Se suponía que era yo! —protestó enfadado.

Le dio una patada a la máscara y se marchó malhumorado.

Shrek recorrió las gradas con la mirada, buscando a Artie.

—Desde luego, todo esto es poco ortodoxo —objetó Pynchley nervioso, a punto de nombrar al ogro la nueva mascota del colegio.

Shrek le arrebató el megáfono al director:

—Muchas gracias, vamos a ganar el gran partido contra el equipo visitante.

La multitud permanecía en silencio.

—¡Vamos, Arthur! ¡Sé que estás ahí! —gritó Shrek.

De pronto la multitud soltó una carcajada. Shrek, Gato

y Asno se giraron muy despacio: ¡Artie estaba colgado del anillo de una canasta de baloncesto, por los calzoncillos!

—¡Hombre, qué tal! ¿Te acuerdas de mí? ¿Te importa bajar de ahí? Tenemos que ponernos en marcha. Eres el nuevo rey de Más Más Allá.

La multitud se quedó boquiabierta. Después, uno por uno, los estudiantes se echaron a reír.

—¿Artie rey? ¡Será más bien el alcalde de Villaperdedores! —se burló Lancelot.

Para entonces todo el público se reía a carcajadas.

¡Era humillante! Artie no podía hacer nada más que quedarse colgado enfadándose en silencio.

—Eh, que os estáis metiendo con la realeza —gruñó Shrek.

—No he sido yo. Han sido ellos —dijo Lancelot defendiéndose.

Señaló a un grupo de payasos que estaba de pie en un rincón muerto de risa. Uno de los chicos resopló con tanta fuerza que empezó a sangrarle la nariz.

Gato saltó por los aires y, con un corte, liberó a Artie del aro de la canasta. Artie cayó en los brazos de Shrek.

—¿Lo dices en serio? —preguntó.

—Sí, vamos a tomarte medidas para la corona —dijo Shrek.

Mientras se dirigían hacia la salida, la banda empezó a tocar un saludo oficial.

El rostro de Artie se iluminó de emoción.

—Dame un segundo —dijo Artie.

Se giró hacia la multitud y se aclaró la garganta.

—Vaya, vaya, vaya. Mirad quién es rey. Adiós, Lance. ¡Eh, y si hay justicia en el mundo, la próxima vez que nos encontremos habrás llegado a encargado de «El gordo del fraile!»

Lancelot frunció el ceño.

—Y vosotros de ahí —dijo Artie, dirigiéndose a los payasos que le habían colgado por los calzoncillos —, ¡pronto recibiréis una pequeña visita de mis caballeros!

—Y Gwen, siempre te he querido

Al oír aquella declaración, Guineverre y su amiga se miraron asombradas.

—En fin, mis buenos amigos, se me parte el corazón, pero tengo que partir. ¡Disfrutad de vuestra estancia en esta prisión mientras yo me marcho para gobernar el mundo libre!

—Venga, será mejor no exagerar —dijo Shrek.

—¡Me estoy dirigiendo al pueblo! —respondió Artie excitado.

Shrek le agarró de un brazo y le sacó del gimnasio.

Capítulo diez

Mientras Shrek buscaba a Arthur, la reina Lillian y las princesas de Más Más Allá organizaron una fiesta de bienvenida para el bebé de Fiona. Al amanecer, se reunieron en la biblioteca del castillo. Las princesas quedaron admiradas al ver a Fiona vestida con un elegante vestido pre-mamá. Dos lindos pajaritos recogieron una corona de flores con el pico y la colocaron sobre la cabeza de la futura mamá.

—¡Mírate! —exclamó Blancanieves.

—¡Guau! —la admiró Rapunzel.

—¡Estás preciosa! —la elogiaba Blancanieves.

La Bella Durmiente despertó para la ocasión.

—¡Debes de estar a punto de salir de cuentas, estás absolutamente enorme!

—¡Eh! ¡Ha llegado la hora de los regalos! —exclamó Blancanieves, y rompió el silencio incómodo que se acababa de producir.

Los pájaros y las pequeñas criaturas del bosque se reunieron a su alrededor gorjeando y piando.

Cenicienta señaló la enorme pila de regalos.

—Por favor, Fiona, ¿puedes abrir el mío primero? ¡Es el de delante!

Fiona leyó la tarjeta:

—Enhorabuena por tu nuevo creador de porquería. Espero que esto te ayude un poco —hizo una pausa y soltó una risa incómoda.

Desenvolvió el paquete y sacó una bolsita de plástico y un recogedor de caca.

Las princesas empezaron a decir ¡oooooh! y ¡aaaaah!

—Fíjate —dijo Doris.

La Bella Durmiente abrió mucho los ojos y preguntó:

—¿Qué es?

—Me alegro de que te guste —gorjeó Cenicienta—. Es para las caquitas.

—¡Fiona! ¡Fiona! —exclamaron las demás criaturas de los cuentos de hadas, intentando atraer su atención.

—¡Hemos hecho un bote para comprarte un regalo también! —exclamó uno de los Cerditos.

Pinocho se giró para mostrarle a Fiona un elegante portabebés.

—¡Ta-chán! —exclamó el Hombre de Jengibre, asomando de su interior.

—¡Oooooooh! —cantaron las princesas a coro.

—¡Sabemos que al bebé le encantará, porque a mí me encanta! —exclamó el Hombre de Jengibre.

—Qué bien, chicos, qué detalle —dijo Fiona—. Gracias.

Empezó a abrir el siguiente regalo.

—¿De quién es éste? —preguntó.

—Te traigo el más grande porque soy quien más te quiere —respondió Blancanieves.

El resto de las princesas la miraron con el ceño fruncido.

Fiona abrió la caja. Dentro había un enanito con un sombrerito verde.

Fiona no se podía creer lo que estaba viendo.

—Y... ¿qué es? —preguntó.

—Es un canguro interno —explicó Blancanieves.

El enano extendió los brazos.

—¿Dónde está el bebé?

—Eres muy amable, Blanca —dijo Fiona—, pero no puedo aceptarlo.

—No te preocupes —respondió Blancanieves—. ¡Tengo seis más en casa!

—¿Y qué hace? —preguntó Fiona indecisa.

—¡Limpia! —explicó Cenicienta.

—¡Hace la comida! —exclamó Blancanieves.

—Saco los eructos —añadió el enano.

—¿Entonces, qué se supone que tenemos que hacer Shrek y yo? —preguntó Fiona.

—Bueno —respondió Rapunzel—, ahora tendréis mucho tiempo para arreglar vuestro matrimonio.

Fiona se puso en jarras.

—¿Y qué se supone que significa eso?

—Vamos, Fiona —dijo Rapunzel—. Tú ya sabes lo que pasa.

—¿Eh? —preguntó la Bella Durmiente, saliendo de su sopor—. Estás siempre cansada...

—Empezarás a abandonarte —declaró Blancanieves.

—¡Las estrías! —chilló el Hombre de Jengibre.

—Ah, y no esperes que Shrek te ayude demasiado —dijo Rapunzel—. Pasará noches enteras por ahí con sus amigos. Ya puedes despedirte del romanticismo.

Dragona asomó la cabeza por la ventana.

—¡Ay, madre! —exclamó.

—A ver..., ¿cuántas de vosotras tenéis hijos? —quiso saber Fiona.

Aparte de Dragona..., ¡ninguna tenía! Todas empezaron a carraspear y a encogerse de hombros.

—Ella tiene razón —dijo Doris—. El bebé lo que hará es fortalecer el amor que existe entre Shrek y Fiona. ¿Cómo reaccionó Shrek cuando se lo contaste, Fiona? ¡Dime!

—Ah, Shrek... Bueno, pues se puso muy..., eh..., esto..., se puso muy... —tartamudeó Fiona. Soltó una risa nerviosa, intentando ocultar la expresión de preocupación de su rostro. Entonces escuchó unos ruidos extraños por la ventana. Y aún había algo más preocupante: le pareció oír que Dragona soltaba un rugido horrible y atronador.

Capítulo once

El caso es que mientras las princesas y los personajes de los cuentos de hadas montaban su fiesta en el castillo, el cielo de Más Más Allá se llenaba de villanos que salían de La Manzana Envenenada. Iban montados en escobas, y el Príncipe Encantador abría el camino.

—¡Adelante, mis nuevos amigos! —exclamó—. ¡¡Vamos a comer perdices!! —echó hacia atrás la cabeza y soltó una risa malvada. De pronto se le metió un bicho en la boca—. *¡Ajjj! ¡Puaaaj!*

Se sacó el bicho y lo tiró asqueado.

—¡Ahora, al ataque! —exclamó.

Algunas de las escobas llevaban Árboles Malvados

colgando debajo, como si fueran bombas. Los pilotos de las escobas se colocaron en formación, dibujando una «V». Se lanzaron en picado sobre la Gran Vía y soltaron su carga.

Los Árboles Malvados movieron sus ramas, y sus paracaídas de hojas se abrieron. Cayeron entre los compradores que caminaban por las calles, más abajo. ¡Todos corrían y huían aterrados!

Un Caballero Malvado espantó a los clientes de la cafetería y empezó a beberse todas las tazas de café que estaban sin terminar.

El Capitán Garfio intentó apartar a un niñito de su madre.

—Vaya, vaya, vaya. Pero si es el mismísimo Peter Pan —exclamó.

—¡No se llama Peter! —gritó la madre aterrada.

—¡A callar, Wendy! —gruñó Garfio.

Otro villano estrelló un carrito contra la ventana de una tienda. El enorme Cíclope alegremente sacaba cartas del buzón, les arrancaba los sellos y volvía a meterlas dentro.

El Príncipe Encantador bajó hasta la ciudad sobre su escoba e intentó convencerles para que volvieran a su tarea.

—¡Al castillo! —ordenó a sus soldados.

Las Brujas Malvadas y los demás villanos formaron una cola detrás de él. Pronto tuvieron rodeado el castillo.

—*¡¡¡Roarrrrrr!!!* —Dragona asó a uno de ellos con su fiero aliento. Pero en seguida lo sustituyeron otros villanos que la acorralaron.

Al escuchar de nuevo el rugido de Dragona, Fiona se asomó por la ventana para ver qué era lo que estaba sucediendo. Sorprendió a un grupo de brujas que lanzaba una pesada red metálica por encima de Dragona.

—*¡¡¡Roarrrrrr!!!* —exclamó Dragona.

—¡Estamos sitiados! —chilló el Hombre de Jengibre, cerrando de un portazo la puerta de la biblioteca.

Los Tres Cerditos y Pinocho empujaron una cómoda y unas cuantas sillas para atrancarla. Las pequeñas criaturas de los cuentos de hadas se apoyaron contra los muebles, esperando poder mantener fuera a los villanos.

—¡Fiona, tú márchate y pon a salvo al bebé! —saltó valiente el Hombre de Jengibre.

Las princesas se dejaron llevar por el pánico.

—Tranquilo todo el mundo —exclamó Blancanieves—. ¡Vamos a morir!

Fiona tomó el mando. Empujó un lateral de la chimenea y se abrió una puerta, descubriendo un pasadizo subterráneo.

—¡Adentro todo el mundo! ¡Ahora! —ordenó.

Al otro lado de la puerta de la biblioteca, el Príncipe Encantador y los villanos estaban empleando a uno de los Árboles Malvados como ariete.

—Venga. ¡Con entusiasmo, chicos! —exclamó el Príncipe Encantador.

Cíclope estaba a horcajadas sobre el árbol como si se tratara de un toro mecánico, chillando contento:

—*¡Yú-júuu!*

¡BUM! ¡BUM! ¡BUM!

¡La puerta comenzaba a ceder!

—¡No nos queda mucho tiempo! ¡Vamos! —exclamó Fiona, guiando a las princesas escaleras abajo.

—¡Los entretendremos tanto como podamos! —chirrió el pequeño Hombre de Jengibre.

Un último y fuerte *¡BUM!* y la puerta se abrió. El Príncipe Encantador y los villanos irrumpieron en la habitación.

Las criaturas de los cuentos de hadas se habían colocado rápidamente en torno a la mesa, fingiendo que celebraban una inocente merienda.

—¿Dónde están Shrek y Fiona? —quiso saber el Príncipe Encantador.

—No me suenan los nombres —dijo el Hombre de Jengibre impasible.

—No —añadió uno de los Cerditos.

—No me suenan —añadió otro.

Sorbieron su té con una calma bien calculada.

—Os sugiero, anormales, que colaboréis con el nuevo rey de Más Más Allá —les amenazó el Príncipe Encantador.

—Tú lo único que vas a ser es rey de los estúpidos —le espetó el Hombre de Jengibre.

Encantador chasqueó los dedos.

—¡Garfio!

—¡Alto ahí, galletita! —exclamó el Capitán Garfio, apretando su garfio contra la barbilla del Hombre de Jengibre—. ¡Empieza a largar!

El pobre Hombre de Jengibre intentó ser valiente, pero pronto se extinguió como una luz. Toda su vida pasó ante sus blancos ojos escarchados, y empezó a cantar «Mi limón, mi limonero...»

El Príncipe Encantador rechinaba los dientes, frustrado. Agarró a Pinocho por la cabeza y gritó:

—¡Tú! Tú no puedes mentir. Así que dime, marioneta. ¿¡Dónde está Shrek!?

Pinocho se quedó pensativo un instante.

—Bueno, no sé dónde no está —dijo, tanteando.

Encantador miró a la marioneta con el ceño fruncido.

—¿Me estás diciendo que no sabes dónde está Shrek?

Pinocho se revolvió inquieto.

—Bueno..., no sería inexacto asumir que no podría no decir exactamente que eso es o no es al menos parcialmente incorrecto —probó a decir.

—¡De modo que sabes dónde está! —exclamó el Príncipe Encantador.

—Al contrario —dijo Pinocho, que iba ganando confianza— . Posiblemente, más o menos, no rechace la idea de que de ninguna manera, con algún grado de incertidumbre...

—¡Para ya! —gritó Encantador.

—... resulta innegable que sé o no sé donde probablemente no debería estar —concluyó Pinocho.

El Capitán Garfio se frotó la cabeza dolorida. ¡Incluso los Tres Cerditos empezaban a desesperarse!

—Eso desde luego si no estuviera donde no está —añadió Pinocho, curándose en salud—. Porque aunque no estuviera donde yo supiera que está, eso podría significar que yo no desconocería completamente dónde no se encontraba.

Por encima de la cháchara de Pinocho, el Hombre de

Jengibre seguía entonando su alegre canción: «... Entero me gusta más...»

—¡Basta ya! —exclamó el primer Cerdito. ¡Aquella tortura era demasiado para él!—. ¡Shrek salió a buscar al próximo heredero! —confesó.

Cuando comprendió su error, dio un respingo y se tapó la boca con su pezuña hendida.

Pinocho soltó una risa tonta.

—¿Que ha ido a buscar al próximo heredero? —quiso saber Encantador.

—¡No! —gritó Pinocho.

Su nariz empezó a crecer.

El Príncipe Encantador sonrió satisfecho. Se giró hacia sus malvados amigos.

—¡Garfio, encárgate de ese nuevo rey! ¡Pero traedme a Shrek! —ordenó.

—¡Jamás caerá en tus trampas! —exclamó Pinocho.

Su nariz no paraba de crecer y crecer.

Capítulo doce

Shrek, Asno y El Gato finalmente zarparon de Worcestershire con un joven Artie muy emocionado.

El instituto, con sus torres y torretas, no era más que un puntito que iba desapareciendo en el horizonte mientras el barco avanzaba hacia mar abierto.

—¡Esto va a ser estupendo! Gracias por sacarme de ahí, Shrek. Ese sitio no tenía ningún futuro. En cambio esto..., ¡Guau! Tengo muchas ganas de ver las fiestas, las princesas y los castillos. Mira, ya sé que no todo es diversión y juegos. Estoy seguro de que tendré que nombrar caballeros a algunos héroes, bautizar un buque o dos...

—Tú asegúrate de que le das bien al barco con la botella —bromeó Shrek.

—Pero en serio, ¿yo un rey? Ya sabía que tenía sangre real y todo eso, pero creí que todo el mundo se había olvidado de mí.

Artie miró al mar, pensativo.

—¿De veras soy el único heredero? —preguntó.

Shrek dudó un instante.

—Único e incomparable —mintió.

Artie soltó un profundo suspiro y se quedó mirando al mar.

—Es cierto, Artie —dijo Asno—. Vivirás rodeado de lujo. Tienen a los mejores cocineros del mundo, esperando.

—Y por suerte, tendrás a los catadores reales —añadió Gato.

—¿Y ellos qué hacen? —preguntó Artie.

Gato se subió en la barandilla a su lado.

—Prueban la comida antes de que se la coma el rey, para asegurarse de que no está envenenada.

—¡¿Envenenada?! —exclamó Artie.

—O demasiado salada —añadió Shrek, procurando minimizar el asunto.

—Tú no te preocupes por eso —dijo Asno—. ¡Estarás a salvo con la ayuda de tus guardaespaldas!

—¿¡Cómo!? —exclamó Artie.

—Todos deseando dar su vida por ti a la menor señal —dijo Gato con gran pasión.

¡Artie parecía a punto de desmayarse!

—¿De veras? —preguntó con un hilillo de voz.

—¡Por supuesto! —exclamó Gato—. Disfrutarás del cariño de tus súbditos.

—Sólo tienes que asegurarte de que tus súbditos no se mueran de hambre —le aconsejó Asno.

—O de la peste —añadió Gato.

—Huuuy, la peste sí que es mala —coincidía Asno.

—Esa tos, esos gemidos, esas heridas supurantes... —Gato se estremeció, incapaz de contenerse.

Shrek volvió a soltar una risa forzada.

—¡Pero bueno! ¡Heridas supurantes! —exclamó con voz de reproche—. Qué gatito más divertido eres.

—¿Qué he dicho? —preguntó Gato con gesto inocente.

—No queremos que Artie se haga una idea equivocada —dijo Shrek.

Señaló al joven príncipe. ¡Pero el príncipe había desaparecido!

—¡Oye! ¿¡Artie!? —llamó Shrek.

De pronto el barco se inclinó violentamente hacia la derecha. Asno y Gato salieron despedidos por la cubierta y Shrek se agarró a la barandilla.

—¡Hala! —exclamaron todos.

El capitán patinó por la cubierta delante de ellos.

—¡Hala! —exclamó.

¡Artie manejaba el timón! Lo giró con fuerza, virando la nave de vuelta hacia su colegio en Worcestershire.

—¡Artie! —gritó Shrek. Se lanzó hacia la cabina. ¿¡Qué haces!?

Shrek agarró el timón e intentó devolver el barco a su curso.

Artie cayó contra la cubierta y comenzó a resbalar. Descubrió un palo para jugar al tejo a su lado y lo agarró.

—¿¡Qué te parece que estoy haciendo!? —exclamó Artie, que se levantó y atrancó el timón con el palo.

El barco viró violentamente y Shrek perdió el equilibrio. Shrek se levantó con dificultad y agarró el timón, devolviendo el barco a su curso.

—¡No puedes elegir! —gritó.

¡Artie se levantó y giró el timón en la otra dirección!

—Pero yo no sé nada acerca de ser rey —protestó.

—¡Lo aprenderás sobre la marcha! —exclamó Shrek, mientras luchaba por volver a ganar el control del timón.

Asno y Gato rodaron por la cubierta, gritando.

—Siento decepcionarte —dijo Artie, que agarró el timón y tiró con fuerza hacia la derecha—. ¡Yo me vuelvo!

—¡¿Vuelves a qué?! —exclamó Shrek, y tiró del timón hacia la izquierda—. ¿¡A ser un perdedor!?

En cuanto aquellas palabras salieron de sus labios, Shrek supo que había llegado demasiado lejos. Artie bajó la cabeza y soltó el timón. Shrek estaba tirando con tanta fuerza que arrancó todo el sistema de dirección de la cabina.

—¡Mira lo que has conseguido! —le regañó.

Asno, que estaba a punto de vomitar, trepó a la barandilla. Pero justo delante de sus ojos nublados vio... ¡un montón de rocas!

—¡¡¡SHREK!!! —gritó.

Shrek, desesperado, intentó volver a colocar el timón en su sitio y alejar el barco de la orilla.

—¡Tierra a la vista! —exclamó el capitán, borracho, y en ese momento el barco se estrelló y se hizo astillas contra las rocas.

Capítulo trece

Con Gato debajo de un brazo y Asno debajo del otro, el enorme ogro salió del agua caminando hacia la orilla.

Artie escupía agua detrás de ellos, intentando zafarse de las olas.

Shrek miró por encima del hombro y le lanzó una mirada furiosa.

—Bien hecho. ¡Alteza!

—Ah, vale, o sea que ahora me vienes otra vez con lo de «Su Alteza». ¿Y qué le ha pasado al perdedor? ¿Eh? —se burló Artie.

—¡Mira, si piensas que así te vas a librar de algo, estás

muy equivocado! —exclamó Shrek—. ¡Volvemos a Más Más Allá, de un modo u otro, y tú vas a ser rey!

—¡Y tú vas a ser rey! —le imitó Artie—. Que te lo has creído.

Se alejó por la playa y se dirigió hacia el bosque.

—¿Adónde te crees que vas? —gritó Shrek.

—¡Me largo de Más Más Allá... de ti! —Artie desapareció por un camino oscuro.

—¡Vuelve aquí, chico, lo digo en serio! —gritó Shrek.

Artie no contestó. Asno le alcanzó al trote.

—Eh, oye, Shrek. Si quieres llegar a alguna parte con este chico vas a tener que cambiar de táctica.

Shrek esbozó una gran y falsa sonrisa.

—Tienes toda la razón, Asno —recogió un gran pedazo de madera que había sido arrojado a la playa—. ¿Qué te parece esto? —preguntó, blandiéndolo como si fuera una maza.

Asno sacudió la cabeza disgustado.

—Venga, que era sólo una broma —Shrek rió y le dio unas palmaditas en la cabeza a Asno—. Aun así...

XIII

Bajaron apresuradamente un camino empinado y rocoso que atravesaba el bosque, intentando alcanzar al reticente rey.

Shrek iba más deprisa.

—Oye..., Artie..., escucha... —procurando atraer la atención de Artie.

Artie miraba al frente, ignorándole.

Shrek se le acercó por la espalda.

—Escucha, Artie. Si crees que toda esta locura no te va, yo te entiendo, hombre. Quiero decir que no estoy intentando hacerte un lío ni nada, sólo quiero que tengas muy clarito que..., eh, eso de ser rey mola un montón, chico.

Gato y Asno se miraron desconcertados. Artie vio humo a lo lejos y se dirigió en aquella dirección, todavía ignorando al irritante ogro.

—Quiero decir —continuó Shrek— que si no te va la cosa o no pillas lo que te estoy diciendo, tú di que no lo has pillado, sabes, porque me estás sacando de quicio. Así..., así sabré que me estoy colando, ¿vale?

Artie pasó junto a un árbol, agarró una rama y dejó que le golpeara a Shrek en la cara.

Artie corrió hacia el hilillo de humo.

Cuando salió a un claro del bosque, vio un enorme caldero de hierro rebosando de líquido hirviendo sobre una hoguera, delante de una cabaña construida en la ladera de la colina.

—¡Que alguien me ayude! ¡Me ha secuestrado un monstruo! —gritó Artie.

—¡Artie! ¡Espera! —exclamó Shrek.

—¡Socorro! ¡Socorro! ¡Se está cometiendo un delito! —gritaba Artie.

—Tranquilo, chico. Por Dios —suplicó Shrek.

—¡Venga! ¡Venga! ¡Aquí fuera hay una víctima inocente! ¿Hay alguien ahí? —llamó a la puerta de la cabaña.

En aquel momento, un destello de luz surgió de la lámpara que había sobre la puerta. Y ante ellos apareció una imagen luminosa tridimensional de la cabeza de un viejo mago.

— ¡¡¡AHHHHHHHH!!! —gritaron Asno y Gato, abrazándose asustados.

—¡ATENCIÓN, ALLANADORES! —dijo la cabeza—. ¡Habéis perturbado el aura de mi círculo de serenidad. Abandonad la zona en seguida, o preparaos para sufrir la ira vengadora de mi...

Fzzzzzzzzt. De pronto la imagen desapareció.

Se abrió la puerta de la cabaña y salió un viejecillo arrugado exclamando:

—¡Ya sabía yo que tenía que haber sellado la garantía!

Le atizó un golpe al aparato con el puño, y el aparato le golpeó a él en la cabeza.

—¡Ahh! ¡Ay, ay, ay, ay! —gritó él.

—¿Señor Merlín? —preguntó Artie.

Shrek miró a Artie sorprendido:

—¿Conoces a este tipo?

—Sí, era el profe de magia del colegio —dijo Artie. Se acercó más a Shrek y susurró—: Hasta que sufrió un ataque de nervios.

—Bueno, técnicamente sólo fui víctima de un nivel tres de fatiga —le corrigió Merlín—, y a petición de mi terapeuta y de las autoridades me he retirado a la tranquilidad de la naturaleza para descubrir mi propósito divino.

Le dio una palmada a una mosca que intentaba aterrizar sobre su cabeza.

—Bueno, ¿alguien quiere un tentempié o una bebida? ¿Algo para mojarse el gaznate? —preguntó Merlín mientras silbaba una cancioncilla.

—No, gracias, tengo muy bien el gaznate —respondió Shrek.

Merlín le ofreció un molde de horno completamente lleno de rocas.

—¿Estás seguro de que no quieres probar mis famosas rocas *au gratin?* —preguntó.

—Gracias, pero no, gracias. Nos queda mucho camino por recorrer —respondió Shrek agarrando a Artie del brazo.

—¿Y quién dice que yo voy contigo? —dijo Artie.

—Eh, escúchame bien, chico. De aquí en adelante, se acabó ser amable —dijo Shrek.

—Vaya, así que estabas siendo amable —preguntó Artie.

—Aunque no te lo creas, sí —contestó Shrek.

—¿Por qué no vas a aterrorizar un pueblo y me dejas a mí en paz? —preguntó Artie.

—¡¿Ah, sí?! —gritó Shrek.

—¡Sí! —le espetó Artie.

—¡Ahhhh! ¡Ahhhhh! ¡Basta! —gritó Merlín.

Se levantó y echó un puñado de polvo al fuego. Unas nubes de humo mágico inundaron el aire.

Todo el mundo dejó de discutir y se puso a mirar.

Merlín se rascó la tripa.

—¡Qué picor! Tanta negación y renuncia bloqueada hacen que me salgan ronchas. ¡Mirad! ¡Mirad esto! —exclamó, y se levantó la túnica para que todos pudieran ver la roncha que le había salido en la tripa.

—¡Ah! —exclamó Asno.

—¡Dios mío! —maulló Gato.

—¡No llegaréis a ninguna parte a no ser que aprendáis a enfrentaros a vuestros demonios! —exclamó Merlín—. Ahora, mirad todos al humo y decidme qué es lo que veis cada uno de vosotros.

Unas nubes de humo inundaron el aire. Comenzaron a dibujarse diferentes formas.

—¡Ooo! ¡Charadas! —exclamó Asno.

—Veo un fuego sucio —dijo Shrek—. Ahora si pudiéramos...

—¡Oh! ¡Yo veo un pastelito holandés de chocolate con leche y remolinos de canela! —exclamó Asno.

—A mí me parece más bien una fiera seductora —dijo El Gato.

—Pastelito —alegó Asno.

—Seductora —insistió Gato.

Merlín se giró hacia Shrek.

—Ahora te toca a ti, monstruo.

—Olvídalo —dijo Shrek.

—¡Vamos, Shrek! —exclamó Asno—. ¡Todos lo estamos haciendo!

—Mira, amigo, puedes elegir entre esto y la terapia de gritos —dijo Merlín—. ¡Ahhhhhhhhh!

—¡Vale! ¡Está bien! —gruñó Shrek.

Merlín lanzó otro puñado de polvo al fuego.

—¡Dime qué es lo que ves!

Shrek echó un vistazo al fuego y las imágenes del carrito y los bebés de la pesadilla en el barco comenzaron a cobrar forma en el humo.

—Veo un poni arcoiris —respondió Shrek lleno de sarcasmo.

—Muy interesante..., ¡ahora el chico! —exclamó Merlín, y señaló a Artie.

Artie miró las nubes de humo con los ojos entornados.

—Vale, veo..., no sé..., veo a un tipo... y está de pie delante de un castillo.

Merlín le dio una colleja.

—¡Sigue! —exclamó

—¡Eh, un momento! ¡Ahora el castillo tiene dientes! ¡Le está persiguiendo!

Merlín continuó golpeando un tambor.

—¿No debería echar a correr? —sugirió Merlín.

—¡Corre! —gritó Artie—. ¡No! ¡Me acaba de comer!

Shrek miraba a Artie cada vez con más simpatía.

—Bueno, quiero decir que se lo acaba de comer —dijo Artie.

Artie levantó la mirada del fuego y se dio cuenta de que todo el mundo se le había quedado mirando.

—Ahhhhh —Merlín respiró hondo.

—¡Vuelvo a tener limpio el campamento!

Le dio a Artie unas palmaditas en la espalda y desapareció dentro de su cabaña.

—Sé que quieres que sea rey, pero no puedo. No estoy hecho para eso y nunca lo estaré, ¿vale? Hasta mi propio padre sabía que no merecía la pena molestarse conmigo. Me dejó tirado en el colegio a la primera oportunidad y jamás volví a saber de él —dijo Artie.

Shrek trata de ser un buen rey suplente...

... pero lo de ser rey no se le da muy bien.

Shrek y Fiona se visten de gala.

Shrek no lo ha pasado nada bien en la fiesta.

El rey Rana está a punto de morirse.

Ahora el Príncipe Encantador se dedica a montar obras de teatro donde se bate en duelo con un ogro simulado.

La reina y los personajes de los cuentos de hadas se quedan a cargo del reino en ausencia de Shrek.

Mientras tanto, Encantador está tramando algo en La Manzana Envenenada.

Shrek visita un instituto en una tierra lejana en busca
le Artie, el nuevo heredero al trono.

antador moviliza
s malvados de
cuentos

El Capitán Garfio aterroriza a los ciudadanos de Más Más Allá.

Lo último en cuidado de bebés: canguros-enanos.

—¿Es que nunca habías visto a nadie tomar el té?

Shrek y Artie hablan de los requisitos de ser rey.

Las princesas están metidas en un lío....

La canción de Encantador se acaba cuando Shrek le arrebata su final feliz.

—Mira, mi padre tampoco era un tipo muy paternal —contestó Shrek muy comprensivo.

—Bueno —añadió Artie—, dudo que fuera peor que el mío.

—¿Ah, sí? Pues mi padre era un ogro. Intentó comerme —respondió Shrek.

Artie soltó una carcajada.

—Vale..., supongo que eso es... bastante grave.

—Ya sé que cuesta creerlo, dado mi evidente encanto y atractivo, pero la gente tampoco solía tener un buen concepto de mí —dijo Shrek—. Y sabes una cosa, Artie, sólo porque la gente te trate como si fueras basura, eso no significa que lo seas.

Asno y Gato sonrieron a Shrek, animándole.

—Sólo necesitas gritar un poco menos y usar un poco más de jabón —añadió Artie.

—Gracias, Artie —asintió Shrek.

Shrek y Artie, Asno y Gato se sentaron en fila sobre un tronco, contemplando el fuego.

—Lo del jabón lo digo porque apestas —explicó Artie—. Un montón.

—Sí, gracias —dijo Shrek—. Lo he pillado.

Capítulo catorce

Mientras Shrek y sus amigos sopesaban la aterradora idea de la paternidad, la reina Lillian, Fiona y las demás princesas intentaban desesperadamente escapar a través de los pasadizos secretos de las profundidades del castillo de Más Más Allá. ¡Tenían que descubrir qué era lo que planeaba el malvado Príncipe Encantador!

Fiona iba delante, sujetando una antorcha para iluminar el camino. Bajaron unas escaleras oscuras de puntillas y doblaron una esquina que daba a una repisa estrecha.

—No os alejéis —dijo Fiona—. Hay otra entrada al castillo por aquí, en alguna parte.

La Bella Durmiente bostezó.

—Llevamos horas caminando y los pies me están matando —se quejó.

Doris levantó en vilo a la desanimada Bella y la llevó a cuestas. Pronto Bella volvió a dormirse, con la cabeza apoyada en uno de los anchos hombros de Doris.

Cenicienta olisqueó el aire.

—*Buf*, este sitio está mugriento. Me siento como una vagabunda.

—Tú mantén los ojos bien abiertos —le ordenó Fiona, e intentó ocultar su frustración.

Bajó la antorcha para que las princesas pudieran ver la repisa, que se estrechaba cada vez más. Una rata correteaba por delante de ellas.

—*¡Puaj!* —exclamó Blancanieves.

—¡Qué asco! —dijo Cenicienta.

Blancanieves se estremeció.

—Lo siento, pero esto no me va.

—La cosa siempre va contigo, ¿no? —preguntó la Bella Durmiente, que levantó la cabeza del hombro de Doris—.

Tampoco es que tu actitud sea de una gran ayuda, Nieves.

—¡¿Mi actitud?! —exclamó Blancanieves—. Bueno, puede que lo que a ti te moleste es que yo saliera elegida la más bella del reino.

—¿Te refieres a esas elecciones amañadas? —se burló Rapunzel.

—¡Vamos hombre! ¡Si tú ni siquiera eres rubia natural! —exclamó Blancanieves, que señaló con un gesto teatral las largas trenzas de Rapunzel—. ¡Oh, Rapunzel, Rapunzel, suelta tus extensiones doradas!

La reina Lillian las interrumpió:

—¡Perdón, señoritas!

—¡Vuestras discusiones no nos sirven de ayuda! —dijo Fiona—. ¡Y ahora, vámonos!

—*Mmf* —gruñeron todas.

Fiona se limitó a sacudir la cabeza y a guiar el camino.

—Pues supongo que el plan es simplemente vagar sin rumbo por este agujero apestoso hasta que nos pudramos —se burló Blancanieves.

XIV

—¡No! —exclamó Fiona—. Vamos a entrar en el castillo y descubrir qué anda tramando Encantador.

Buscó el modo de entrar. De pronto vio un cuadrado de luz tenue sobre su cabeza.

—¡Ya está! —exclamó.

Tiró la antorcha al suelo y comenzó a subir por una larga escalera.

Levantó una rejilla metálica y sacó la cabeza.

Fiona salió del agujero al patio del castillo, seguida por la reina y por las demás princesas.

Doblaron sigilosamente la esquina de un edificio y se quedaron un rato allí escondidas, contemplando unos extraños trabajos de construcción. ¡El Príncipe Encantador había ordenado la construcción de un enorme teatro nuevo! Una gran fachada con forma de torre se levantaba sobre el escenario y por todas partes estaban colgadas fotos de Encantador.

Un grupo de guardias pasó por delante de las princesas y ellas se apretaron contra el muro.

—¡Vamos, por aquí! —gritó Rapunzel, y echó a correr en dirección contraria.

—¡Espera, Rapunzel! —exclamó Fiona.

Fiona y las demás siguieron a Rapunzel hasta el interior del castillo.

Fiona cruzó las puertas corriendo y vio a Encantador al final del pasillo, sujetando a Rapunzel por el brazo.

—¡Suéltala, Encantador! —gritó ella.

Encantador sonrió con su sonrisa empalagosa.

—¿Y por qué iba a hacerlo?

—*Grrrrrrrrrrrrrr* —ronroneó Rapunzel.

—*Guau* —ladró él cariñosamente, y los dos se dieron un largo beso apasionado.

Las princesas dieron un respingo, asombradas.

—¿¡Cómo!? —exclamó Fiona.

—Señoritas, pueden saludar a la nueva reina de Más Más Allá —declaró el Príncipe Encantador.

—¿Estáis muy celosas? —preguntó Rapunzel.

—¡Rapunzel! —exclamó Fiona—. ¿¡Cómo has podido!?

La guardia armada avanzó y rodeó a la reina Lillian y a las princesas.

—Gracias a Rapunzel, pronto vais a regresar al lugar de donde habéis salido —declaró Encantador—, a fregar suelos o estar encerradas en torres..., ¡eso si llegáis al final de la semana!

—Pero Pooky, prometiste que no les harías daño —lloriqueó Rapunzel.

—Ahora no, bigotitos de gata —le advirtió Encantador—. Papaíto lo discutirá más tarde contigo.

—¡Shrek jamás dejará que te salgas con la tuya, Encantador! —exclamó Fiona.

El Príncipe Encantador esbozó una sonrisa sádica.

—No hay nada que tu precioso ogro pueda hacer para cambiar las cosas esta vez, princesa. Ahora discúlpanos, pero... ¡tenemos un espectáculo que montar!

Se llevó a Rapunzel al patio y ella giró la cara mirándolas con un gesto de disculpa. Los guardias comenzaron a desfilar arrastrando a las princesas derrotadas.

Capítulo quince

A la mañana siguiente, Shrek despertó en las profundidades del bosque, todavía perdido y lejos de Más Más Allá. Se rascó la cabeza y miró a su alrededor. Faltaba algo, pero... ¿qué era? Escuchó un leve aleteo y se dio la vuelta. No era más que un pajarito posado sobre la rama de un árbol.

En cuanto Shrek volvió a darse la vuelta, la rama estampó al pajarito contra el tronco del árbol y el pájaro cayó silenciosamente sobre la tierra.

Shrek miró a Asno, que seguía profundamente dormido, roncando. Shrek sintió un cosquilleo en sus orejas de ogro, y un escalofrío le recorrió la espalda. Se giró. ¡Por todo el campamento, los árboles se iban cerrando sobre ellos!

El Gato despertó sobresaltado y se subió de un salto al hombro de Shrek.

El tronco sobre el que Artie estaba descansando se levantó, tirándolo al suelo.

—¡Eh! ¡Ay! —exclamó Artie, levantándose de un salto.

¡Cuando quisieron darse cuenta, los Árboles Malvados los tenían acorralados!

Por fin Asno comenzó a salir de su sopor.

Tras frotarse los ojos, levantó la vista y vio el horrible árbol que se cernía sobre él.

—¡¡¡Ahhhhhh!!! —gritó.

En algún lugar del bosque sonaba la música de un piano.

Shrek se asomó entre la vegetación y vio al Capitán Garfio sentado al piano.

—¡Ja, ja, ja!

Shrek escuchó la risa malvada de Garfio y se estremeció.

La música fue aumentando en un atronador crescendo. Por fin, Garfio levantó la vista de las teclas y se giró hacia ellos. Frunció el ceño y ladró una orden a sus piratas:

—¡Matadlos a todos!

Señaló a Shrek con su garfio, con un gesto malévolo:

—Menos al gordo. El Rey Encantador tiene pensado algo especial para ti, ogro.

—¡¿El REY Encantador?! —exclamó Shrek.

—¡Al ataque! —ordenó Garfio.

Los piratas se dejaron caer de los árboles.

Uno de ellos empuñó su espada contra Artie. Shrek agachó la cabeza de Artie justo en el último momento. El pirata se preparó para lanzar otro golpe, y Shrek levantó a Artie por encima de su cabeza. Artie apuntó con los dos pies y le dio al pirata una tremenda patada que lo tumbó contra el suelo.

Gato desenfundó su espada y protegió a Asno de los piratas, que ahora se columpiaban de todas las ramas a su alrededor.

El Capitán Garfio tocó en su piano una canción de lucha para levantar los ánimos, mientras dos piratas pasaban empujando un gran cofre del tesoro.

—¡Preparad el tablón! —exclamó Garfio.

Un pirata apoyó un tablón sobre un tocón de árbol. Un extremo de la tabla estaba en equilibrio sobre el cofre abierto.

Varios piratas apuntaron a Shrek con sus espadas y le obligaron a caminar por el tablón y meterse en el cofre.

Espalda contra espalda y con las espadas desenfundadas, Gato, Asno y Artie intentaban desesperadamente mantener a los villanos a raya. Pero una red cayó de los Árboles Malvados y los atrapó. Los piratas apuntaron con un cañón a los héroes enredados y encendieron la mecha.

—¡Aaaah! —exclamó Artie presa del pánico.

Gato sacó unas uñas como cuchillas e intentó cortar la red. Asno trató de roerla con sus enormes dientes.

Cuando la mecha se estaba consumiendo, Shrek salió del cofre del tesoro como un resorte. Se levantó, con el cofre aún pegado a la espalda. Al ver la mecha encendida, rápidamente ideó un plan.

Dio un salto y aterrizó sobre un extremo del tablón. El pirata que estaba de pie al otro lado salió catapultado por los aires hacia el cañón. Cuando el pirata cayó sobre el cañón, éste giró sobre su eje y acabó apuntando... ¡al Capitán Garfio y su piano!

¡Buuuum! La bala del cañón salió disparada y voló el piano en pedazos. Garfio se quedó mirando los restos.

Shrek agarró un hacha y la lanzó contra la cuerda que sujetaba la red. El hacha cortó la cuerda y liberó a Artie, Gato y Asno.

Los piratas se reagruparon y comenzaron a acorralarlos.

Rápidamente, Shrek se apoderó del cañón y lo cargó con otra bala. Cuando los piratas vieron la mecha encendida, giraron sobre sus talones y se retiraron hacia el bosque.

—*¡Arrrrr!* —exclamó el Capitán Garfio, sacudiendo su garfio en el aire—. ¡¡Cobardes!!

Shrek le agarró.

—¿Qué ha hecho Encantador con Fiona? —quiso saber.

—¡Tendrá lo que se merece! —dijo Garfio. Levantó el garfio para golpear a Shrek, pero se le enganchó en las ramas de uno de los Árboles Malvados.

—¡Y no hay nada que puedas hacer para detenerle! —gritó a Shrek, mientras el árbol le arrastraba a las profundidades del bosque, junto con el resto de los villanos.

Shrek vio un caballo enganchado a un carro en el extremo más apartado del campamento de Merlín.

—¡Vamos! —gritó Shrek a sus amigos. No había tiempo para descansar. ¡Fiona y los demás corrían un gran peligro!

Shrek no estaba dispuesto a detenerse. Pero Artie se colocó rápidamente delante de Shrek y le cortó el paso.

—¡Espera! —exclamó—. Merlín puede ayudarte.

Merlín estaba sentado delante de su cabaña con las piernas cruzadas y comenzó a entonar un cántico:

—Soy un río que fluye. Fluye, fluye, fluye...

Shrek miró al viejo mago con un gesto escéptico.

—No sé, no lo creo.

—Ese tipo es un mago —dijo Artie—. ¿Acaso piensas correr todo el camino a casa?

Shrek lanzó un suspiro impaciente.

—Bueno, vale. ¡Tienes un minuto! Después lo haremos a mi manera.

Merlín seguía entonando su cántico:

—Soy una abeja zumbona. *Bzzz, bzzz, bzzz...*

—¡Señor Merlín! —le interrumpió Artie—. Necesitamos un encantamiento para regresar a Más Más Allá.

Merlín no se inmutó. Miró a Artie por el rabillo del ojo.

—Olvídalo. Ya no me queda nada, chico —dijo—. Perdí casi todos mis buenos encantamientos hace años, en el divorcio. Aquella inútil hada voladora, saco de burbujas.

Artie suspiró.

—Soy un río que fluye. Fluye, fluye, fluye... —dijo Merlín, que intentó volver a su cántico.

—Señor Merlín... —Artie volvió a intentarlo—. Por favor, sé que puede hacerlo.

—¡He dicho que lo olvides! —gritó Merlín.

Artie se quedó callado, pensó durante un instante y después se echó a llorar.

Merlín le miró.

—¿Y ahora qué te pasa?

—Es que es muy duro —sollozó Artie—. Es que tenemos que volver como sea, porque el reino corre peligro, porque hay un tipo muy malvado y es que es tan complicado...

—Venga, no te lo tomes así —Merlín se levantó y se acercó a él.

—Creo que no lo entiendes —dijo Artie—. Hay una persona cruel haciendo cosas crueles a gente que es buena, y...

—Creo que deberías sentarte —respondió Merlín, que cada vez se sentía más incómodo.

Artie agarró a Merlín y le suplicó desesperado:

—¡Y de veras necesitan tu ayuda para volver allí! ¿Por qué no les ayudas? ¡Dímelo!

—Ten un poco de corazón, viejo —añadió Shrek por si acaso.

Merlín se quedó mudo.

—Por favooor —suplicó Artie.

A Merlín no le quedaba otro remedio.

—Bueno, voy a recoger mis cosas —dijo.

Merlín entró en su cabaña y Artie se recuperó automáticamente. Miró a Shrek y se encogió de hombros.

—Está chupado.

Shrek le dedicó una sonrisa, complacido con su actuación.

Merlín regresó con su libro de encantamientos.

—Bueno, estoy un poco oxidado —les advirtió—, así que puede haber efectos secundarios.

—¡¿Efectos secundarios?! —exclamó Asno.

—No te preocupes, sean los que sean, o por muy insoportablemente dolorosos que sean, con el tiempo se pasarán..., creo.

Merlín se preparó para empezar. Extendió los brazos e hizo crujir sus nudillos. Un rayo salió despedido de las puntas de sus dedos e hizo añicos una roca cercana.

—¡Aaah! —gritó Asno.

—Uy —dijo Merlín.

Comenzó de nuevo a entonar su cántico.

—¿Estás seguro de que esto es una buena idea? —gimió Asno, lanzando a Shrek una mirada de preocupación.

Shrek señaló a Merlín.

—Adelante con el numerito.

Asno y El Gato se agacharon.

—*Alacritius-expeditius a zumy zum zum.* Vamos a ayudar a nuestros amigos a volver..., ¡pum! —dijo Merlín con cierta inseguridad.

Unos rayos mágicos salieron despedidos de los dedos extendidos de Merlín, y Shrek, El Gato, Asno y Artie desaparecieron envueltos en una nube de humo.

—¡Eh! —exclamó Merlín, soplando el humo de las puntas de sus dedos—. ¡Ha funcionado! Qué chicos más majos.

Capítulo dieciséis

En un abrir y cerrar de ojos, los «chicos» se encontraron en caída libre desde el cielo. Rebotaron en las ramas de un manzano y aterrizaron amontonados al pie del árbol.

Asno gimió y se quejó, y cambió de postura su cuerpo dolorido, intentando ponerse cómodo.

—Madre mía, no hacía un viaje así desde los tiempos de la universidad.

Shrek se quedó boquiabierto. ¿Era la voz de Asno que salía de la boca de El Gato?

—¡Asno! —exclamó.

—¿Qué? ¿Es que tengo algo entre los dientes? —Asno se

miró el cuerpo, y abrió los ojos como platos—. ¡Eh! ¿Qué...? ¡Oh, no! —exclamó—. Me han convertido por arte de magia en vividor elegante acompañante de segunda categoría.

—Pues a mí me parece que estás bastante guapo —dijo El Gato desde el cuerpo de Asno— . Yo soy quien tiene aspecto de piñata hinchada.

—Lo siento, chicos —se disculpó Artie.

—¡No lo sientas! —exclamó Shrek—. Nos has traído de vuelta, chico. Gracias.

Señaló a un castillo en la ladera de la colina, a pocos kilómetros de distancia. ¡Era el castillo de Más Más Allá! Ayudó a Artie a levantarse del suelo y los cuatro amigos se pusieron en marcha.

Al entrar en la ciudad, contemplaron la destrucción que Encantador y sus villanos habían dejado atrás. El cartel de bienvenida estaba tapado. Ahora, en lugar de poner «Más Más Allá», ponía «Fuera Fuera de Allá».

Los nuevos pies de Asno le dolían dentro de las diminutas botas de El Gato.

—En serio —protestó, sin prestar atención al cartel—, por las barbas de Hans Christian Andersen, ¿¡cómo se supone que puedo caminar por ahí calzado con estas absurdas botas!? Tío, necesitas unas plantillas, o soportes para el arco o algo...

De pronto, la visión de la ciudad ante sus ojos golpeó a Asno como una tonelada de ladrillos.

—¡Vaya! —exclamó.

El lugar parecía en guerra. Las calles estaban llenas de hogueras, los carruajes subidos sobre ladrillos de cenizas con las ruedas arrancadas, y se veían pintadas por todas partes.

Dieron un rodeo para esquivar a un pirata borracho desmayado en la acera.

—¿Y tú quieres que yo sea el rey de este pozo séptico? —preguntó Artie.

—No era así cuando nos marchamos —dijo Shrek.

De pronto, vio un pequeño teatro de marionetas. Detrás del cristal, bailando, estaba... ¿Quién?

—¡¡Pinocho!? —exclamó.

—¡Shrek! —gritó la pequeña marioneta.

Cuando todos corrieron hacia el teatrillo, se empezó a cerrar el telón. Pinocho apretó las manos contra el cristal.

—¡Pinocho! —exclamó Shrek.

—¡Shrek!

—¡Pinocho!

—¡Socorro! —chilló la marioneta.

—¿Qué ha pasado? —preguntó Shrek.

—¡Encantador y los villanos se han apoderado de todo! —exclamó Pinocho—. Nos atacaron, pero Fiona y las princesas lograron escapar. Ahora ella...

La música se extinguió y el telón del teatrillo se cerró, tapando completamente la ventana.

—¿Ella qué? ¿Ella qué? —exclamó Shrek.

Sacó la cartera y la sacudió, buscando dinero desesperadamente.

Miró a Artie.

Artie se sacó el forro de los bolsillos y se encogió de hombros.

Shrek se giró hacia El Gato, que estaba en el cuerpo de Asno.

—¡Gato, préstame pasta!

—Vamos, Gato, ya le has oído. Ayuda a un hermano —dijo Asno desde el cuerpo de El Gato.

—¿Es que tú me ves algún bolsillo? —preguntó El Gato, y miró asqueado su cuerpo de asno.

—Un segundo —respondió Asno.

Se agachó, se quitó una de las botas de fino cuero corintio de El Gato y le dio la vuelta. Una bolsa de monedas cayó al suelo.

—¡A-já! —exclamó, y le lanzó la bolsa a Shrek.

—Eso lo guardaba para los huérfanos hambrientos del hogar de la Hermana Santa María para jóvenes descarriados, pero estoy seguro de que ellos lo entenderán —explicó El Gato.

Shrek comenzó rápidamente a introducir monedas en la máquina. El volumen de la música volvió a subir, el telón se abrió y la marioneta volvió a bailar.

—Deprisa, Pinocho. ¿Dónde está Fiona? —preguntó Shrek.

—Encantador la tiene encerrada en algún lugar secreto —chilló Pinocho— . ¡Tienes que encontrarle! ¡Seguro que se está preparando para la funcióooooooon...!

El telón se cerró.

—¡Espera, espera, espera! —exclamó Shrek—. ¡Pinocho! ¿Qué función?

La pequeña mano de marioneta de Pinocho asomó por debajo del telón y señaló un cartel que había pegado en la pared de un edificio cercano. La foto del cartel mostraba al Príncipe Encantador con la espada desenfundada, aplastando a Shrek contra el suelo con el pie.

—¡DESPUÉS DE TODO COMEREMOS PERDICES! —leyó Shrek—. Única noche, en el castillo. La historia como debe ser.

—¡Vaya, Shrek! —exclamó Asno—. No nos dijiste que salías en una obra.

—Bueno, supongo que estaba tan ocupado que se me olvidó comentároslo —bromeó Shrek.

De pronto, escucharon una voz que salía del patio:

—¡Es el ogro! ¡A por él!

Shrek se dio media vuelta y vio a un grupo de caballeros reales armados y en guardia. Adoptó su pose más principesca y se acercó a ellos a grandes zancadas.

—Mirad, no sé quién ha metido la pata esta vez, pero se suponía que el carruaje tenía que recogerme en mi hotel —dijo—. Asno —comentó a Gato—, son todos unos principiantes.

Los caballeros se miraron desconcertados.

Artie arrancó el cartel de la pared y se acercó a ellos.

—¿Sabéis quién es éste? —quiso saber.

Se giró hacia Shrek con un gesto de disculpa—. Siento mucho todo esto, señor.

—Lo que tienes que hacer es arreglarlo —ordenó Shrek—. ¡Y pronto!

Artie se dio media vuelta y se dirigió a los jefes.

—¡Imagino que tenéis todo preparado para esta noche! Os han dado la lista para el camerino, ¿no?

Asno, en el cuerpo de Gato, se acercó decidido a los dos que estaban al mando y los miró fijamente.

—Sí, los cruasanes para el desayuno, rellenos de *sashimi* de atún salteado —añadió con gesto altivo—. Las *crêpes* con salsa de naranja, la sopa fresca de frutas. Ah, y por favor, decidme que por lo menos tenéis el maíz al azafrán con la mantequilla de miel de jalapeño, porque nuestro cliente no puede alcanzar un estado emocional adecuado sin su mantequilla de miel de jalapeño.

—Pues... —tartamudeó el primer caballero.

—Creo que eso no le corresponde a nuestro departamento —dijo el otro nervioso.

Shrek los apartó de un empujón y se fue hacia el castillo a grandes zancadas. Asno, con la mirada más feroz de Gato, miró por encima del hombro a los caballeros.

—Creo que vamos a tener que informar a Encantador de que hay un par de inútiles al mando de esta operación.

Capítulo diecisiete

Los tramoyistas del Príncipe Encantador estaban ocupados construyendo los decorados para la función de aquella noche. Encantador y Cíclope, vestidos de esmoquin con sombreros de copa, ensayaban un pequeño baile, acompañados por un conjunto de brujas y enanos.

—Guiño y vuelta, y guiño y vuelta, y guiño y vuelta, y guiño y... ¡manos de *jazz!* —dirigía Encantador.

Cíclope, que estaba deseando ayudar, se quitó el sombrero y abrió las manos, estampándole el sombrero en la cara a Encantador.

—¡Que no, torpe ojigordo! —exclamó Encantador—. Es paso, paso, paso ¡cha, cha, cha!

Encantador se sentía furioso y frustrado. Entonces Rapunzel se le acercó hecha una fiera, sujetando un vestido barato de lentejuelas rojas.

—¿Tú pretendes que me ponga esto? —quiso saber.

—Era el vestido de noche de mi madre —dijo el Príncipe Encantador.

—*Puaj* —exclamó Rapunzel, disgustada.

—Sólo una vez, para lo de «comieron perdices» —suplicó Encantador.

—Tenemos que hablar —declaró Rapunzel.

—Ahora no, querida —respondió Encantador—. Estoy hasta el cuello con el espectáculo. Podemos hablar cuando haya derrotado al monstruo y te haya rescatado de tu torre.

Rapunzel tiró el vestido al suelo del escenario y se marchó indignada. Encantador la llamó sin mucho entusiasmo.

—Venga, caramelito...

—¡Tarado! —exclamó Rapunzel, cerrando la puerta a sus espaldas.

Encantador se quedó mirando a los bailarines.

—¿Quién os ha pedido que paréis de bailar?

—Esto..., guiño y vuelta, guiño y vuelta... —repitió el pobre Cíclope, marcando los pasos.

El Príncipe Encantador se encerró en su nuevo camerino chapado en oro, enfurruñado. Las paredes estaban forradas de fotos de ÉL en toda clase de papeles como actor. Se derrumbó en el trono delante de su tocador y se miró la cara en el espejo de tres hojas. Suspiró y ajustó el ángulo para mirarse mejor. Pero allí, detrás de él, en el umbral de la puerta descubrió... ¡a Shrek! Artie, Asno y Gato estaban de pie a su lado.

Encantador se giró hacia ellos.

—Se acabó, Encantador —dijo Shrek, acercándose con gesto amenazador.

Encantador quedó acorralado contra el tocador.

—Cómo me alegro de que hayas conseguido volver —dijo, disimulando—. Temía que pudieras perderte el espectáculo.

Tanteó un poco por detrás de su espalda y pulsó un botón escondido bajo el tablero de la mesa.

Shrek le agarró por el cuello de la camisa y le lanzó una mirada furiosa.

—¿Dónde está Fiona? —quiso saber.

—No te preocupes —sonrió Encantador con un gesto de desprecio—. Ella y las demás están a salvo. Por ahora.

¡Shrek apretó más, pensando en retorcerle el pescuezo a aquel liante! En aquel momento, un grupo de guardias irrumpió en la habitación y los rodeó.

Detrás de ellos apareció un caballero con una cesta de fruta.

—Bueno, espero que esto pueda compensar todos los malentendidos —se disculpó.

Encantador le miró desconcertado.

Al ver el plan, el caballero salió rápidamente de la habitación y se esfumó.

Encantador sonrió:

—Creo que será mejor que me sueltes —dijo al ogro.

Todos los guardias estaban apuntando con sus espadas directamente a Shrek. Él dejó caer a Encantador al suelo con un golpe seco.

Encantador se levantó y se sacudió la ropa.

Artie se abrió paso entre los guardias y le lanzó una mirada furiosa a Encantador:

—¡Tú no eres el verdadero rey de Más Más Allá!

Encantador levantó la vista al cielo y se acercó a Artie, diciendo:

—Y tú sí que lo eres, ¿verdad?

Artie levantó la barbilla con un gesto valiente.

—Sí.

Encantador soltó una risita y miró a Shrek con las cejas levantadas.

—¿Se supone que este chico es el nuevo rey de Más Más Allá? Qué pena —dijo Encantador, que miró a Artie de arriba abajo.

—Ya basta, Encantador. Estoy aquí, ya tienes lo que querías. Esto no tiene nada que ver con él —dijo Shrek—.

¡Vete, Artie! —exclamó Shrek—. Esto no tiene nada que ver contigo.

—¿Entonces con quién tiene que ver? Se supone que yo soy el rey, ¿no? —preguntó Artie.

—En realidad no eras el siguiente en la línea de sucesión —respondió Shrek.

—Pero tú dijiste que el rey había preguntado por mí personalmente —añadió Artie.

—No fue así exactamente —dijo Shrek.

Artie miró a El Gato y a Asno, buscando algún tipo de explicación. Pero ellos apartaron la mirada rápidamente.

—Pero tú dijiste...

—Yo dije lo que tenía que decir, ¿vale? No era la persona apropiada para ese trabajo, necesitaba algún tonto que me sustituyera y tú eras perfecto para eso. ¡Así que vete ya!

Artie se quedó chafado.

—Has estado jugando conmigo todo el tiempo —dijo.

El Príncipe Encantador hizo una señal a los guardias para que dejaran salir a Artie.

Artie se dirigió hacia la puerta, pero se detuvo a mitad de camino para mirar a Shrek.

—¡Que te vayas! —exclamó Shrek.

Shrek bajó la cabeza avergonzado y Encantador se acercó a él, burlándose:

—Qué bien se te dan los niños, Shrek.

¡Encantador hizo una señal a los guardias para que se llevaran al ogro y a sus compañeros!

Capítulo dieciocho

Las princesas, encerradas en una oscura mazmorra, se estaban volviendo locas.

—Tengo que limpiar, tengo que limpiar, tengo que limpiar —repetía Cenicienta, mientras limpiaba todas las cosas sucias que se le ponían por delante—. Tengo que limpiar, tengo que mantenerlo limpio. Tengo que mantenerlo limpio. Gatitos limpios y brillantes...

La Bella Durmiente estaba tirada roncando sobre un viejo camastro de la prisión. Blancanieves paseaba por el húmedo suelo de cemento. Doris intentó separar los barrotes de la prisión por la pura fuerza de sus enormes brazos, hasta que le crujió la espalda.

Fiona miraba por la estrecha ventana hacia el castillo.

Blancanieves se quejaba mientras paseaba.

—Si nos hubiéramos quedado quietas, ahora podríamos estar sorbiendo té en tacitas con forma de corazón.

—Eso, eso, tacitas con forma de corazón —asintió Cenicienta.

—Comiendo bollitos rellenos de frambuesas —continuó Blancanieves.

—Eso, frambuesas —repitió Cenicienta.

—¡Basta ya, Ceni! —exclamó Blancanieves.

—Eso, cállate ya —repitió Cenicienta.

Se quedó contemplando su propio reflejo en un charco del suelo, con cara de loca.

—Además..., ¿a quién le importa quien gobierne el reino? —dijo Blancanieves.

—A mí me importa —respondió Fiona.

Ella y la reina Lillian dieron un paso hacia delante.

—Y a todas vosotras también os debería importar —dijo la reina.

En aquel momento se abrió la puerta de su celda y un guardia arrojó a Asno y El Gato dentro.

—Eh, mucho cuidado —exclamó Gato desde el cuerpo de Asno.

Se quedó indignado mirando a aquellos guardias maltratadores.

—Eso —asintió Asno desde el cuerpo de Gato—. Y dame tu número de placa, charlatán.

La puerta se cerró a sus espaldas con un ruido metálico.

—¿Asno? —dijo Fiona.

—¡¿Princesa?! —exclamó Asno.

—¿Gato? —preguntó Fiona.

Gato agitó su casco de burro.

—Lo siento, princesa, pero soy El Gato, aquí atrapado en este espantoso cuerpo.

—¡Y yo soy yo! —exclamó Asno, saludando con su pata de gatito.

Fiona miró primero a uno y después al otro, desconcertada.

—Pero si estáis...

—Lo sé, lo sé —dijo Asno—. Ahora mismo todo está un poco manga por hombro. Pero lo que sucedió es que fuimos al instituto, el barco se estrelló y el Hombre Mágico nos aplicó un poco de su «abracadadra».

—Mis pobrecitos —ronroneó Doris.

—No entiendo —exclamó Cenicienta.

—El minino se transformó en un caballito que huele a pies —explicó Blancanieves—. ¿Qué hay que entender?

—¿Eh? ¿Quién es? —preguntó la Bella Durmiente, medio despertando de su siesta.

—¿Dónde está Shrek? —añadió Fiona.

—Encantador lo ha atrapado —dijo Asno—. Y piensa deshacerse de Shrek esta noche delante de todo el reino.

Fiona y su madre se miraron preocupadas.

Fiona respiró hondo.

—A ver, todo el mundo. Tenemos que encontrar una salida ahora mismo.

—Sí, sí, tienes razón —murmuraron las princesas.

—¡Señoritas, a sus puestos! —exclamó Blancanieves.

Al oír aquellas palabras, la Bella Durmiente cayó en un profundo sopor, Cenicienta limpió un sitio para sentarse y Blancanieves se tumbó en un camastro con los labios fruncidos.

—¿Se puede saber qué estáis haciendo? —preguntó Fiona.

—Estamos esperando a ser rescatadas —explicó la Bella Durmiente.

—¡Estaréis de broma! —exclamó Fiona.

—Bueno, y... ¿qué quieres que hagamos? —preguntó Blancanieves—. No somos más que cuatro... —se quedó mirando a Doris un momento—, ... quiero decir tres princesas guapas, tres monstruos de circo, una ogra embarazada y una anciana.

La reina Lillian sonrió y pasó por delante de las princesas con un gesto despreocupado, diciendo:

—Disculpadme. Dejad paso a una anciana.

Se acercó al muro de la celda, colocó las manos contra él, gritó «Hiiiiiiiiiiiyyyyyyyiiiiiaaaaaaaahhhh!!!», y abrió un agujero en los ladrillos de un cabezazo.

—¡Vaya! —exclamaron las princesas, impresionadas.

—Mirad —dijo la reina—. He encontrado un hueco abierto.

—¿¡Mamá!? —Fiona dio un respingo.

—Bueno, no creerías que heredaste de tu padre la habilidad para la lucha, ¿no? —preguntó ella.

Fiona sonrió orgullosa a su madre. Se giró hacia las princesas con una confianza renovada.

—Muy bien, chicas, a partir de aquí, nos vamos a encargar de este asunto personalmente.

Las princesas se quedaron mirándola.

—Entonces, ¿por qué no atravesó antes la pared? —preguntó Blancanieves.

—¿Queréis comer perdices o no? —insistió Fiona.

Blancanieves se quedó pensativa un instante. Miró a las demás princesas. Todas asintieron.

Con gesto decidido, las princesas se prepararon para

la batalla. Blanca se desgarró la manga del vestido para descubrir un tatuaje... de Dormilón. La Bella Durmiente se arrancó el dobladillo del vestido de volantes, y la reina Lillian se pintó las ojeras con la barra de labios para evitar reflejos, mientras Cenicienta afilaba el tacón de su zapatito de cristal.

Las princesas hicieron un corro y unieron las manos en un gesto de solidaridad. Gato y Asno también colocaron sus patas.

—¡Adelante! —gritaron.

¡¡Les tocaba salvar el reino!!

Capítulo diecinueve

Las prisioneras escaparon de su celda y se dirigieron hacia el castillo. Fiona vio a dos Árboles Malvados vigilando la entrada. Le hizo una señal a Blancanieves imitando un reclamo de pato. Blancanieves se sacudió la falda, se arregló el pelo y avanzó sola por el camino dando brincos inocentes.

Se detuvo delante de los Árboles Malvados, cantando muy dulcemente:

—Ha ha ha ha haaaaa. Los pajaritos son mis amiguitos, vuelan hasta mí, vienen y me cantan al oído.

Pronto todas las pequeñas criaturas del bosque se arremolinaban alrededor de Blancanieves.

—Cuidado con mi pelo —les advirtió, sin perder el ritmo—. Sólo porque canto. Ahh ha ha ha ha haaa.

Los Árboles Malvados miraban encantados, y alrededor de la bella princesa se iban reuniendo cada vez más criaturas.

—Ahh ha ha ha ha haaaa —continuó ella, hasta que llegaron todos los animales. Entonces, en un abrir y cerrar de ojos, toda su cara cambió. Se giró hacia los animales con ojos de tigre, y su canción pasó de ser dulce a ser poderosa.

—¡¡Ahhaha!! ¡¡Ahhaha!!

Como obedeciendo una orden, los animales comenzaron a atacar a los Árboles Malvados.

Mientras los árboles estaban ocupados defendiéndose de las rebeldes bolas de pelo, Fiona dirigía el ataque de las princesas.

—¡Adelante! ¡Vamos! ¡Vamos! ¡Vamos! —ordenaba.

Gato y Asno se marcharon por su cuenta. Cruzaron a la carrera la verja principal del zoo de Más Más Allá, donde los dragasnos estaban presos.

—¡Mis bebés! —exclamó Asno.

Abrió la jaula y todos se arremolinaron a su alrededor para abrazarle.

—¡Socorro, ayuda! —gritó Asno.

En cambio, las princesas corrieron hacia la entrada del castillo. Doris reventó el candado y abrió la verja. Cuando las princesas estaban entrando en la finca del castillo, un grupo de guardias se acercó a ellas.

Cenicienta apuntó con su zapatilla a uno de ellos. Le dejó sin sentido y la zapatilla regresó a sus manos como un bumerán. La Bella Durmiente cayó al suelo y los guardias tropezaron con ella. Cuando los guardias estaban rodeados de caos y desconcierto, Doris ayudó a las princesas a saltar el muro del castillo.

En la ciudad, Asno y Gato corrieron hacia el pequeño teatro de marionetas, donde Encantador mantenía preso a Pinocho. Rompieron el cristal del teatro y sacaron al muñeco.

El Hombre de Jengibre estaba encerrado en el escaparate de la pastelería del barrio. Vio a sus amigos fuera y comenzó a golpear el cristal. Asno, en el cuerpo de Gato, entró corriendo en la pastelería e intentó recortar un agujero en el cristal con sus garras. Gato, en el cuerpo de Asno, pensó un modo más fácil. Rompió el cristal con su casco y Asno sacó al pequeño Hombre de Jengibre.

—¡Vamos a conseguirlo! —gritaba Asno, desfilando en las botas de El Gato—. ¡Adelante, Equipo Di-na-mita!

—Un momento, Asno, señor —dijo Pinocho—. ¡Creo que habíamos quedado en que éramos el Equipo Súper Chulo!

—Yo creo recordar que era el Equipo Alucinante —puntualizó el Hombre de Jengibre.

—¡Yo voté por Equipo Escuadrón Lobo Alfa! —protestó Lobo.

—¡Vale, vale, vale! —exclamó Asno—. A partir de ahora se nos conocerá como Equipo Escuadrón Lobo Alfa Súper Alucinante Chulo Dinamita.

XIX

En el camino de vuelta al castillo, uno de los Tres Cerditos se dio cuenta de que alguien les espiaba escondido entre los arbustos. ¡Era Artie! Cuando El Gato y Asno quisieron acercarse a él, Artie se alejó.

—Los dos sabíais perfectamente lo que estaba pasando y no me dijisteis nada —dijo Artie.

—¡Artie, Shrek sólo dijo esas cosas para protegerte! —contestó Gato.

Artie se quedó pensativo.

—¡Shrek te salvó la vida! —exclamó Asno.

Artie se quedó pensando un momento y entonces lo comprendió todo.

Capítulo veinte

El escenario del Príncipe Encantador estaba preparado con gran detalle. El Capitán Garfio dirigía la orquesta. Dio unos golpecitos en el atril con su garfio metálico para lograr su atención.

El pueblo de Más Más Allá comenzó a ocupar sus asientos. Las luces se atenuaron, los focos zigzaguearon entre el público. Se levantó el telón y una nube de humo invadió el escenario como si fuera niebla. Se detuvo al pie de una torre. Uno de los focos iluminó a Rapunzel en la ventana de la torre y ella comenzó a cantar: «Aquí sola espero, otro día atrapada. Estoy en esta torre encerrada. No sé cuándo, pero el momento llegará... en que alguien me liberará».

Entonces surgió una almeja de debajo del escenario y se abrió, descubriendo al Príncipe Encantador a caballo.

—¡Es él! ¡Es él! —exclamó—. ¡Sobre su hermoso corcel! ¡Princesa, mi amor, no tengas temor!

Sobre el escenario caía una lluvia de pétalos de rosa como nieve rosada. Encantador y su corcel saltaron de la almeja.

Mientras avanzaba hacia la torre, el Príncipe Encantador cantaba:

—¡Soy fuerte y valiente y voy para allá! ¡Deprisa! ¡Poderoso! ¡Con mi pelo suave y sedoso! ¡Cruzando el desierto ardoroso!

Encantador blandió la espada y le cortó la cabeza a una marioneta que representaba un grifo.

—¡Guay! —cantó un coro de Árboles Malvados.

—¡Cruzando el mar tormentoso! —Encantador desmontó con una floritura y le cortó la cabeza a una serpiente marina con facilidad.

—¡Húmedo! —cantó un coro de Enanos Malvados.

—¡Enfrentándome a los más feroces malvados con colmillos afilados! —cantó, cortando las cabezas de un oso y un reno de madera.

—¡Malo! —cantaron a coro los villanos de los cuentos de hadas.

—Por eso, mírame me-me-me-me-ME —Encantador le daba la serenata a Rapunzel al pie de su torre.

—Sabía que vendrías a buscarme —respondió ella cantando—. Y por fin puedes abrazarme.

—Sabía que me esperarías. Y que de mi plato de amor comerías —cantó Encantador.

Rapunzel soltó su larga trenza.

Un gruñido salió de los altavoces. Se abrió una trampilla del escenario, en medio de un destello de luz y una nube de humo.

Encantador no pudo resistirlo. Se llevó la mano al oído para escuchar y abrió los ojos como platos fingiendo sorpresa. Entre bastidores, Mabel rugía por un megáfono y los Enanos Malvados giraban una gran manivela metálica.

A medida que la iban girando, una sombra imponente caía sobre el escenario.

El público hizo ¡ooooh, aaaaah! cuando un gran ogro surgió por la puerta de la trampilla, iluminado desde abajo para resultar horripilante.

—¡¿Quién es este malvado horroroso de comportamiento espantoso?! —exclamó Encantador.

—¿Encantador luchará? ¿O acaso huirá? —cantaban los villanos de los cuentos de hadas, mientras los piratas y Caballeros Malvados bailaban al fondo.

—¡Yo supongo que me rescatará! —cantaba Rapunzel.

—¡De tanta monstruosidad! —cantaron a coro los villanos.

Encantador adoptó una pose teatral.

—¡La bella dama no debe desesperar! ¡El monstruo al INFIERNO vamos a enviar! —cantó.

Shrek abrió los ojos incrédulo, mientras la voz de Encantador se iba estirando para alcanzar notas agudísimas.

Encantador sacó la espada y apuntó al pecho del ogro.

Subió aún más la voz para cantar:

—¡Y estás a punto de conocer un mundo de dolor que ni siquiera habías imaginadOOOOOOO!

Sostuvo la última nota aguda y empezaron a estallar las copas de cristal.

—¡Ja! —exclamó victorioso.

—No puede ser peor que tus canciones —se burló Shrek.

El público se reía a carcajadas. Encantador se quedó helado, despistado. Intentó recordar la siguiente frase. Hizo una seña al Capitán Garfio para que empezara a sonar la música otra vez.

—Prepárate, bestia asquerosa, porque ha llegado tu hora —cantó.

—Por favor, otra vez no —gimió Shrek—. Ten piedad. Mátame primero.

El público se echó a reír otra vez y Shrek sonrió, satisfecho del efecto que estaba teniendo en el público.

Encantador estaba furioso.

—¡Para ya! ¡Estás arruinando la función!

—¡Para ya! ¡Estás arruinando la función! —le imitó Shrek.

—¡Que lo dejes!

—¡Que lo dejes!

—¡Lo digo en serio!

—¡Lo digo en serio!

Encantador levantó la espada y apuntó a Shrek a la cara.

—¡VALE YA! —ordenó

La multitud se quedó en silencio.

Encantador echó la espada hacia atrás, preparándose para golpear.

—Ahora, por fin, sabes lo que se siente cuando te quitan todo aquello en lo que has trabajado, todo lo que es valioso para ti. Ahora sabes cómo me sentí —rechinó los dientes y atacó con todas sus fuerzas.

El público dio un respingo.

Entonces...

De pronto, una bola de fuego se extendió por el cielo, y Dragona voló sobre el teatro y fundió la espada de Encantador.

—¡*Achtung!* —exclamó uno de los Tres Cerditos, mientras él y sus hermanos volaban por el escenario sobre un grifo descabezado.

El pequeño Pinocho volaba como Superman, sujeto por sus cuerdas. Y el Hombre de Jengibre asomó de una bolsa de palomitas entre el público y saltó al escenario. El Lobo abrió la cremallera de su disfraz de lobo y se lo quitó.

Con un gran rugido desde las alturas, Dragona entró volando, con Gato y Asno montados encima y los dragasnos siguiéndoles de cerca.

—¡Rezad para que se apiade de vos Gato! —gritó Gato desde el cuerpo del Asno.

—¡Y Asno! —siseó Asno desde el cuerpo de El Gato.

Entonces la reina atravesó el telón con un tremendo cabezazo, seguida por la Bella Durmiente y Doris. Blancanieves entró volando detrás de ellas, y Cenicienta apareció en el escenario armada con una fregona. Las princesas se colocaron junto a Shrek en formación y el público rompió a aplaudir. ¡De pronto, la puerta principal de la «casa de la ciénaga» del escenario se derrumbó y apareció Fiona!

—¡Hola, cariño! ¿Llegamos tarde?

—Justo a tiempo —declaró Shrek.

Encantador reclamó la atención de la orquesta con unas palmadas e hizo un gesto con la cabeza al Capitán Garfio.

Los villanos de los cuentos de hadas de pronto se dieron cuenta de que aquella era su llamada. Uno por uno se pusieron en marcha. Cíclope surgió de una trampilla y acorraló a Asno y Gato. Las brujas entraron volando para acorralar a todas las princesas, y el Hombre de Jengibre estaba rodeado de Caballeros Malvados. ¡No tenían escapatoria!

¡Blandiendo su espada con un gesto teatral, el Príncipe Encantador ordenó a todos los villanos que se lanzaran al ataque!

De pronto, un potente foco cegó a Encantador. Cuando Shrek levantó la vista, vio a Artie arriba entre las vigas.

Artie se bajó de las vigas de un salto y se dirigió a la multitud que se encontraba sobre el escenario y al público.

—¿Quién cree que de verdad es así como se arreglan las cosas?

Todos los villanos levantaron las manos.

—¿De veras me estáis diciendo que lo único que queréis es seguir siendo villanos toda vuestra vida? —quiso saber Artie.

Los villanos se iban acercando.

—Es que somos villanos —explicó Garfio—. Es lo único que sabemos hacer.

—¿Pero nunca habéis querido ser otra cosa? —preguntó Artie.

Los villanos se miraron y sopesaron la cuestión.

—Bueno, para ti es muy fácil decirlo —saltó uno de los Árboles Malvados—. Tú no eres un árbol malvado encantado.

El Príncipe Encantador gruñó frustrado.

—¡Idiotas! —gritó— . ¡No le escuchéis! ¡Atacadles!

Otro Árbol Malvado se acercó a Encantador por detrás y le tapó la boca con una rama.

—Lo que quiere decir Steve es que es difícil hacer un trabajo honrado cuando tienes a todo el mundo en tu contra —explicó otro árbol.

—Sí, gracias, Ed —dijo el primero.

Artie se paseó entre los villanos, mirándoles fijamente a los ojos.

—Lo entiendo —dijo.

Los villanos de los cuentos de hadas suspiraron y murmuraron entre ellos poniéndose de acuerdo.

—Un buen amigo mío me dijo una vez que sólo porque la gente te trate como un villano, eso no quiere decir que lo seas.

Los villanos de los cuentos de hadas le escuchaban atentamente.

—Lo único que importa es la opinión que tengas de ti mismo —añadió Artie—. Si de verdad hay algo que quieras ser, entonces la única persona que te impide serlo eres tú.

Artie miró a Shrek por encima del hombro y se sonrieron.

Uno de los piratas puso cara de susto.

—¿Yo? —exclamó.

—¡No, no, no! Lo que quiero decir es que cada uno de vosotros se lo impide a sí mismo! —gritó Artie.

Todos los villanos asentían con la cabeza.

El Jinete Decapitado se abrió paso entre la multitud.

—Yo siempre he querido aprender a tocar la guitarra —confesó.

—A mí me gustaría abrir un *spa* en Francia —dijo la Reina Malvada.

—Yo, cultivar narcisos —confesó el Capitán Garfio.

Todo el mundo se quedó mirando al viejo y recio pirata con cara de incredulidad.

—¡Y son preciosos! —añadió.

Uno por uno, los villanos bajaron las armas y comenzaron a comentar entre ellos sus sueños y esperanzas.

El Príncipe Encantador los miraba atónito. ¡Su armada

se había desarmado! Enfadado, se zafó del árbol y agarró una de las espadas desechadas. Rechinó los dientes y cargó hacia Artie entre la multitud, gritando:

—¡¡¡Aaaaaaaahhhhhhhh!!!

Artie se enfrentó a él lleno de valor. Shrek se dio cuenta de lo que estaba pasando y, con todas sus fuerzas, logró romper las cadeanas que lo sujetaban. Shrek lanzó la cadena contra la espada de Encantador y tiró del villano. Encantador continuó su ataque y le clavó la espada a Shrek.

El ogro cayó de rodillas y todo el mundo se quedó espantado.

El Príncipe Encantador no se podía creer lo que estaba viendo: al fin había matado a su peor enemigo.

Shrek se giró hacia Artie.

—¿Qué tal, ha resultado convincente? —preguntó.

Shrek rió y mostró la espada alojada inofensivamente entre su brazo y el tronco.

—¡Se suponía que iba a comer perdices! —gritó el Príncipe Encantador.

—Pues vas a tener que pasar hambre, porque... ¡no pienso darte las mías! —respondió Shrek.

Tras pronunciar aquellas palabras, Shrek pidió a Dragona que derribara la torre con la cola. Encantador levantó la vista y todo el decorado se derrumbó sobre él.

Cuando se disipó el polvo, Artie recogió la corona que se le había caído a Encantador. La miró detenidamente.

—Ahora es tuya si la quieres, sabes —dijo Shrek.

Artie levantó la vista y observó que Shrek le estaba sonriendo.

—Pero esta vez eliges tú —añadió Shrek.

Artie le devolvió la sonrisa. Estaba a punto de responder, cuando todos los villanos y las criaturas de los cuentos de hadas se unieron para levantarle en hombros:

—¡Ar-tie! ¡Ar-tie! ¡Ar-tie! —le aclamaban.

¿¡Qué remedio le quedaba!? Artie se encogió de hombros y se colocó la corona. Asno intentó contener las lágrimas.

—Vaya, mírale. Nuestro chico ha crecido.

—Sí. Lo hicimos muy bien, mi amigo —dijo Gato.

—Sabes una cosa, Gato —contestó Asno—, en cuanto me acostumbré a hacer mis cosas en una caja de arena, y por fin cedí a la tentación de darme uno de tus «baños de gato»...

—¡No me lo puedo creer! —exclamó Gato.

—Me di cuenta de que no está mal ser un gato.

—Y en cuanto mi nariz se hizo inmune a la peste que despide tu pellejo, comprendí que los asnos son fuertes, leales y dignos de confianza —confesó Gato.

—¡Amigos para siempre! —exclamó Asno.

—Sí —asintió El Gato.

De pronto, Merlín apareció envuelto en una nube de humo.

Gato y Asno se acercaron a él.

—Muy bien, señor abracadabra. ¡Ha llegado la hora de desfacer algunos entuertos! —exclamó Gato.

—Eso, porque no pienso volver a darme uno de esos baños gatunos —dijo Asno.

Merlín se frotó las manos.

—Puede que notéis un pellizco —añadió.

De sus dedos mágicos salieron unos rayos, y al momento Gato y Asno regresaron a sus propios cuerpos.

—¡Bieeen! ¡Soy yo otra vez! —exclamó Asno.

—¡Y yo no soy tú! —chilló Gato.

Los dos amigos se abrazaron de nuevo y rieron y se alejaron caminando juntos.

Merlín soltó una risita al ver que Gato todavía tenía la cola de Asno y Asno todavía tenía la cola de Gato.

—Bueno, qué más da —dijo Merlín, aprovechando para escabullirse.

Fiona sonrió a su madre. La reina Lillian asintió y le devolvió la sonrisa. Shrek le dio la mano a Fiona.

—Perdona que te dejara aquí sola —dijo—. No debí haberme marchado.

—Creo que habrías sido un rey estupendo —contestó Fiona.

—Yo tengo algo más importante en mente —dijo él.

Sonrió y le tocó la tripa. Fiona sonrió y el ogro y su esposa se dieron un largo y cariñoso beso.

Capítulo veintiuno

Fiona y Shrek regresaron felices a su ciénaga, y al cabo de poco tiempo su hogar se llenó del sonido de los pequeños pies de pequeños ogros.

Shrek era un experto en preparar biberones de zumo de babosa, ojos y lombrices. Llenaba las botellas de calabaza y se las llevaba a Fiona, que estaba sentada en una silla cómoda junto a la chimenea. Ella tenía a dos bebés en brazos y un tercero gateó hasta Shrek y le tiró de la pierna. Shrek se echó a reír y les dio a Fiona y a los bebés un fuerte abrazo.

Después de la hora del biberón, Asno y Gato se pasaron por la casa de los ogros.

—¡Eh! ¡Aquí huele a Shrek hijo! —exclamó Asno.

Entró seguido por un montón de dragasnos. Dragona miraba con cariño desde la puerta.

Shrek cambiaba a los bebés lo mejor que podía. Retorció el pañal, tiró de él y el bebé salió despedido por los aires y cayó en un pañal que Fiona estaba sujetando.

Gato miró a uno de los trillizos de ogro que había en el suelo. El bebé se quitó el chupete, se lo puso a Gato y le abrazó, mientras otro bebé de dragasno le tiraba de la cola.

—¡Cú-cú! —exclamó Asno, tapándose los ojos con sus enormes orejas.

Los pequeños chillaban encantados.

Uno de los bebés ogros sacó cera de la oreja de su papá y la utilizó para dibujar.

La reina Lillian columpiaba a uno de sus nietos sobre su regazo, orgullosa. Entonces alguien llamó a la puerta.

Asno estaba tumbado en el suelo bebiéndose uno de los biberones de calabaza. Shrek le quitó el biberón a Asno de camino a la puerta.

—Eh —protestó Asno.

Shrek abrió la puerta y se encontró con el canguro-enano que les había regalado Blancanieves.

—¿Dónde está el bebé? —quiso saber el enano.

Shrek le metió el biberón en la boca al enano y lo mandó a casa. ¡Fiona y él pensaban cuidar de sus hijos en persona!

Dentro de casa y fuera, toda la ciénaga estaba invadida por bebés saltarines. Shrek les construyó un precioso tobogán de barro.

Le tocaba tirarse él, y aterrizó con un *¡CHOF!* tremendo. Los pequeños reían entusiasmados.

Por la noche, ya bañados y con sus pañales y alimentados, los bebés estaban listos para acostarse. Shrek sujetó a uno de los bebés por encima del hombro y le hizo eructar. Fiona daba golpecitos a otro para que echara el aire. El tercero pasó gateando junto a uno de los dragasnos, que a su vez soltó un pequeño eructo llameante que incendió un pedo del otro bebé ogro, convirtiéndolo en un lanzallamas.

Fiona y Shrek miraban orgullosos. Recogieron a todos los bebés y los arroparon.

—Por fin —suspiró Shrek.

Por primera vez en todo el día, la ciénaga estaba silenciosa como una iglesia.

—Bueno, ¿y ahora qué hacemos? —se preguntaron.

No tuvieron tiempo de moverse ni un centímetro. Los dos se quedaron dormidos. Hasta que...

—¡Buaaaaaaaaaaaaaaa!

—Mmmm..., Shrek —suspiró Fiona.

—Voy —murmuró Shrek, y se tambaleó hacia la cocina para calentar las calabazas de rico zumo de babosa.

Pronto todos los bebés estaban bebiendo sus biberones, muy contentos. Shrek sonreía satisfecho, observándolos con sus somnolientos ojos de ogro. Y sabía que era cierto. Había encontrado lo que buscaba. ¡Después de todo, por fin comía perdices!